KB095669

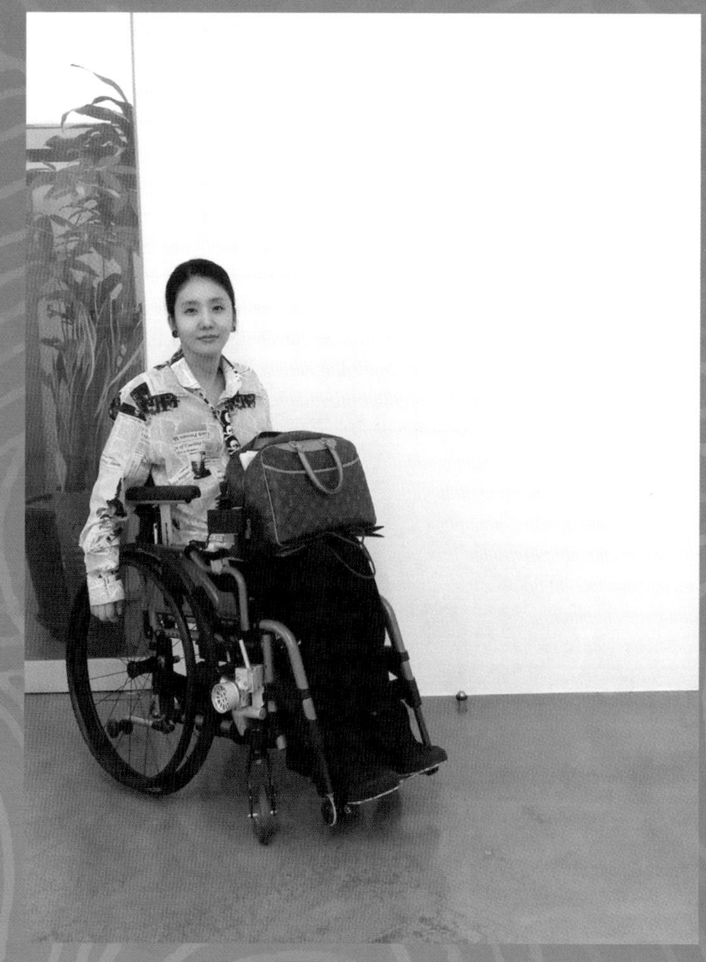

아름다워서 가슴 시린 화가 최지현

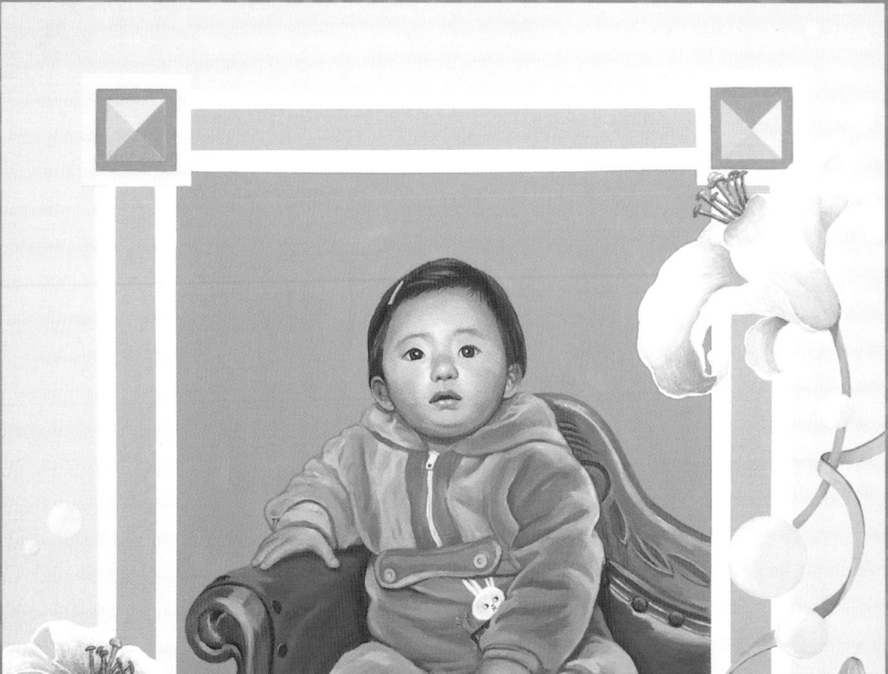

<세상을 향한 몸부림의 탈출구 4_자화상 1>

<세상을 향한 몸부림의 탈출구 4_자화상 2>

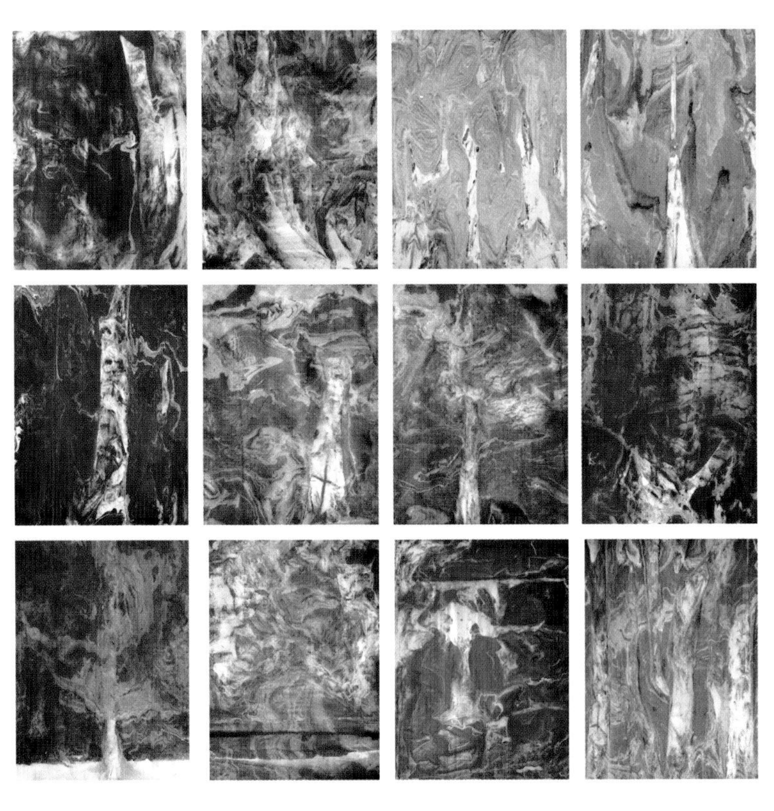

<세상을 향한 몸부림의 탈출구 2> 1회 개인전 작품

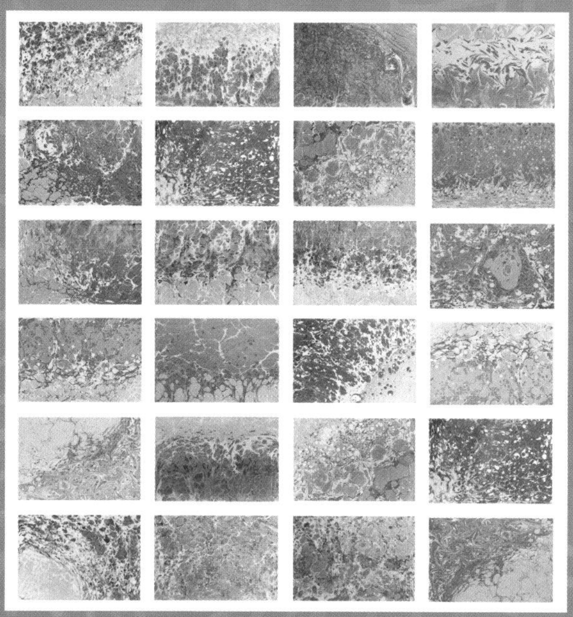

<세상을 향한 몸부림의 탈출구 3> 2회 개인전 작품 1

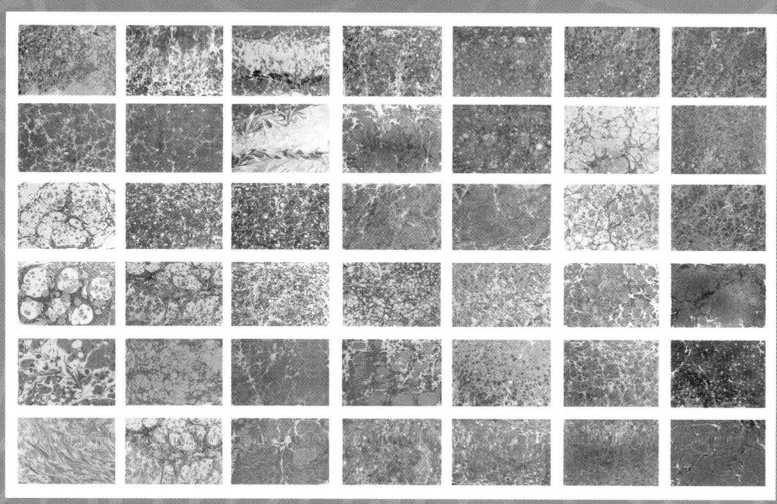

<세상을 향한 몸부림의 탈출구 3> 2회 개인전 작품 2

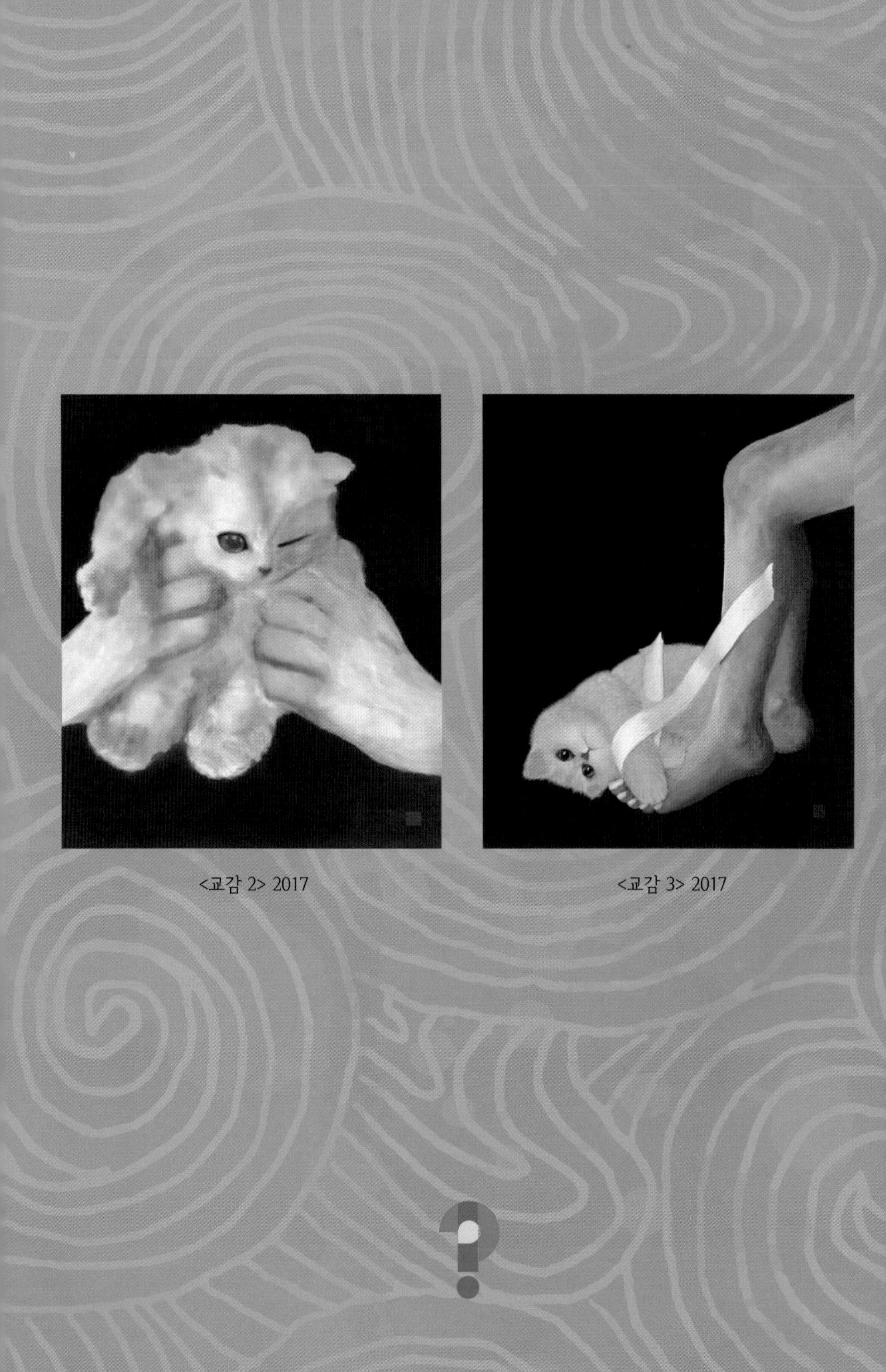

<교감 2> 2017

<교감 3> 2017

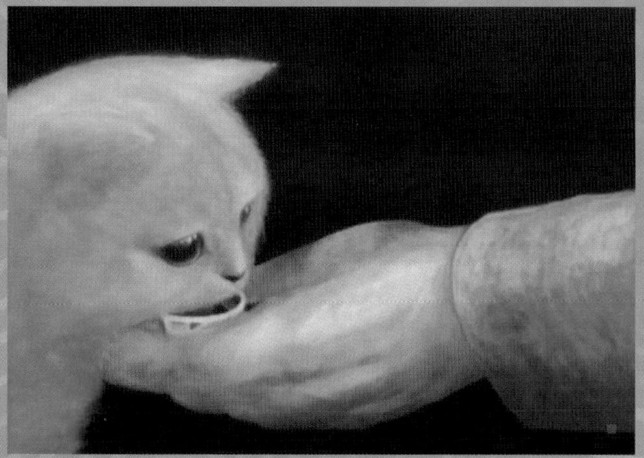

<교감 1> 2017

<교감 4> 2017

<동행_같은 눈높이에서 바라보다>

누구 시리즈 20

아름다워서 가슴 시린 화가 최지현 – **누구 시리즈 20**
최지현 지음

초판1쇄 발행 2023년 11월 1일

지은이 최지현
펴낸이 방귀희
펴낸곳 도서출판 솟대
등 록 1991년 4월 29일
주 소 서울시 금천구 서부샛길 606, 대성지식산업센터 b동 2506-2호
전 화 02)861-8848
팩 스 02)861-8849
홈주소 www.emiji.net
이메일 klah1990@daum.net

값 12,000원

ISBN 978-89-85863-90-2 03810

주최 사 한국장애예술인협회

후원 문화체육관광부 한국장애인문화예술원 Korea Disability Arts & Culture Center

아름다워서 가슴 시린 화가 최지현

최지현 지음

세상을 향한 몸부림의 탈출구로 붓을 잡다

더 늦기 전에 고맙다는 말을

어느 곳에도 뿌리내리지 못한 채 물 위를 떠도는 나무처럼 그저 흘러가던 대로 살던 지난날. 험난한 물살을 피해 들어선 잔잔함도 오래가진 못했다.

피할 수 없는 낭떠러지를 마주하자 이제는 모든 게 끝났다고 생각했다. 투득! 탁! 탁! 폭포 아래로… 아래로… 떨어졌다.

얼마나 지났을까? 정신을 차려 보니 살랑거리는 물가 옆 흙 위로 간신히 걸쳐진 기둥 부분만 남아 있었다. 부러지고 깨진 상처들로 가득한 채. 아! 어떻게 깨어난 걸까 의문이 생길 무렵, 바로 가까이에서 뿌리를 내리고 있던 커다란 나무가 조용히 영양분을 나눠 주고 있는 걸 알게 되었다.

하루 이틀… 한 달 두 달… 얼마가 지났을까. 바람을 타고 온 싱그러운 풀 내음이 느껴지기 시작했다. 어느덧 부러진 나뭇가지에도 힘겹게 새싹이 올라오고 아침 햇살에 반짝거리는 이슬도 맺혔다. 멀리서 들려오는 이파리들 소리는 바람을 타고 찾아와 마음의 안정을 되찾아 주었고 그 무렵 피어오르는 작은 꽃봉오리를 발견했다.

새로운 삶이 시작되었고, 그렇게 마음껏 에너지를 내뿜으며 한 그루의 나무로 자라나고 있었다.

그곳에서 터를 잡고 숲속의 모두와 어울리며 뿌리를 내리고 지내는 나, 이제는 서서히 시들어 가는 나의 연리목 엄마.

더 늦기 전에 고맙다는 말을 해야지.

햇살 아래 싱싱한 나무로 성장한 내 모습을 보여 줘야지….

이렇듯 해야 할 일이 많아서 마음이 바쁘다.

그래서 나는 오늘도 또다시 붓을 잡는다.

동양화 최지현 작가

차례

세상을 향한 몸부림의 탈출구

...

작은 일도 무시하지 않고 최선을 다해야 한다.
작은 일에도 최선을 다하면 정성스럽게 된다.
정성스럽게 되면 겉으로 드러나고,
겉으로 드러나면 이내 밝아진다.
밝아지면 남을 감동시키고 남을 감동시키면
변하게 되고 변하면 생육된다.
그러니 오직 세상에서 지극히 정성을 다하는 사람이 나와
세상을 변하게 할 수 있는 것이다.
_「중용」 23장

삶과 죽음의 경계에는 무엇이 있을까?

내겐 그림이 있었다. 운명적인 만남이란 사람과 사람 사이에서만 일어나는 일이 아니었다. 한없는 절망과 우울의 나락으로 속절없이

떨어져 내리고 있을 때 그런 나를 아무도 손잡아 주지 않기를, 죽음만이 구원해 주기를 간절히 바라며 필사적으로 생의 바깥으로 도망치려 할 때 나를 다시금 생의 안쪽으로 밀어넣은 것은 그림이었다.

그림이란 누군가에게 희망과 위로를 주기도 하지만 나 스스로에게도 가장 큰 에너지를 주었다.

나는 지금 세 번째 인생을 살아가고 있다.

스물여섯 살이 끝나갈 무렵, 모든 게 달라져 버렸다.

2004년 11월 5일

친구들과 집들이에 가려고 지인의 집(복도식 아파트) 앞에서 기다리던 중 7층 아래로 떨어져 목뼈가 부러졌고, 그 후로 나는 다시는 일어설 수 없었다.

부러진 뼛조각을 골라내는 15시간가량의 대수술 후 이틀 뒤 추가 수술까지 오랜 시간을 중환자실과 병실에서 누워 있어야만 했다. 산산조각난 목뼈 자리에 인공뼈를 고정시켜 머리를 움직일 수도 없었다. 사고 당시 부러진 갈비뼈 3개와 찢어진 장기, 양쪽 손목에 철심을 박아 깁스를 해 놓은 터라 경관식 비위관(콧줄)을 통해 들어오는 물과 유동식으로 연명하듯 지냈다.

한순간의 사고로 목신경이 끊겨 평생 휠체어를 타고 살아가야 하는 전신마비 판정. 그렇게 나는… 혼자서는 아무것도 할 수 없는 경추손상 사지마비장애인이 되었다.

첫 장애인 친구, 효일이

…

저녁을 먹고 나면 허물없이 찾아가 차 한잔을 마시고 싶다고
말할 수 있는 친구가 있었으면 좋겠다. 입은 옷을 갈아입지 않고
김치 냄새가 좀 나더라도 흉보지 않을 친구가 우리 집 가까이에
있었으면 좋겠다. 비 오는 오후나, 눈 내리는 밤에
고무신을 끌고 찾아가도 좋을 친구, 밤늦도록 공허한 마음도
마음놓고 열어 보일 수 있고, 악의 없이 남의 얘기를 주고받고 나서도
말이 날까 걱정되지 않는 친구가….
사람이 자기 아내나 남편, 제 형제나 자식하고만 사랑을 나눈다면
어찌 행복할 수 있으랴. 영원이 없을수록 영원을 꿈꾸도록
서로 돕는 진실한 친구가 필요하리라.
그가 여성이어도 좋고 남성이어도 좋다.
나보다 나이가 많아도 좋고 동갑이거나 적어도 좋다.
다만 그의 인품이 밝은 강물처럼 조용하고 은근하며 깊고 신선하며,
예술과 인생을 소중히 여길 만큼 성숙한 사람이면 된다.
_유안진 〈지란지교를 꿈꾸며〉

1983년 관악산

"니 새로 왔나?"

'휠체어'라는 이름으로 나를 마치 물건처럼 들어서 싣고 다니는 이동 수단에 앉혀질 무렵, 상계동을 떠나 수유리에 위치한 재활병원으로 옮겨 입원을 하게 되었다.

첫날 재활운동실에 갔을 때 새하얀 얼굴에 얄상한 휠체어를 밀며 한 남자애가 다가왔다. 장애도 낯설고 휠체어도 마냥 서툴기만한 내게 제일 먼저 말을 걸어 준 내 첫 장애인 친구, 항상 날 먼저 챙겨 주던 효일이는 79년생 동갑내기였다.

"지현아…."

어느 날 차를 타고 가던 중 모르는 번호로 걸려온 전화를 받았는데 내 이름을 부르는 효일이 엄마의 떨리는 목소리를 듣는 순간 가슴이 쿵! 하면서 숨이 안 쉬어질 정도였다. 그때가 친구들의 세 번째 부고 소식이었는데, 왼쪽 눈이 빠질 것 같은 통증으로 버티질 못하겠더니 그날 저녁 오른쪽 얼굴로 구안와사(안면신경마비)가 와 버렸다.

두 달 반 정도를 매일 물리치료실과 한 시간 거리의 한의원에 침을 맞으러 다니느라 다른 데 신경쓸 틈이 없어 그나마 견딜 수 있었던 듯하다.

사실 나는 그때 제정신이 아니었다. 예기치 않은 큰 사고를 당하고도 기꺼이 버텨 냈던 나였지만 병원 생활을 함께하며 마음을 나누던 친구들을 허망하게 떠나보내고 나니 차라리 제정신이 아니고 싶었다. 사고 직후에도 느껴 보지 못한 뒤늦은 혼란은 나를 더 이상 살아갈 가치가 없는 무기력한 존재로 만들었다.

아픈 시절이었지만 따뜻하게 해 주었고 그 시간을 추억할 수 있도록 나를 지탱해 주던 장애인 친구들. 나는 생의 한 시절을 잃어버린 것이다.

혼자서는 앉을 수도 누울 수도 없기에 활동지원사와 가족들에게 모든 걸 의지해야만 하는 내 처지가 '짐'이라는 생각마저 들었다. 무엇보다 고통스러운 것은 죄책감이었다. 늘 자신의 장애를 한탄하던 친구의 말에 좀 더 귀를 기울이고 다독여 줬어야 했는데 매번 습관적인 하소연에 흘려들었다. 그런 나를 원망하기라도 하듯 예고 없는 이별을 통보하다니… 더는 살고 싶지도, 살 자신도 없었다.

그날부터 나는 치밀하게 죽음의 계획을 세우기 시작했다. 손가락을 움직이지 못하니 몰래 약을 모으는 기본적인 단계부터 난관이었다. 그럼에도 한 방울 한 방울 처마의 빗방울을 받아 모으듯 천천히 수면제를 모았다. 때를 기다리며 숨을 죽인 그 시간엔 오로지 '죽음'이라는 열망만이 나를 살아 숨 쉬게 했다.

그러나… 잔인한 거짓말처럼 눈을 뜬 곳은 응급실이었다. 결국 내 시도는 실패로 끝나 버리고 말았다.

과거 현재 미래, 운명

…

재능은 고요함 속에서 만들어지고
개성은 언제나 사람들이 우습게 여기는 것을
통해서 만들어진다.
_괴테

어린 시절의 나라면 이렇게 가만히 앉아서 그림 그리는 내 모습을 상상이나 할 수 있었을까? 잠시도 엉덩이를 붙이고 앉아 있지 못하는 것은 피아노학원에서도 마찬가지였다. 동생은 체르니 100으로 끝났는데 오히려 내가 체르니 30까지 치게 될 줄은 누구도 예상하지 못했던 자타공인 '천방지축'이었다.

걸스카우트가 아닌 우주소년단에 들어간 이유도 엉뚱발랄하던 호기심 때문이었는데 유니폼이 치마가 아닌 점프수트라 멋있어서 선택한 걸 보면 예쁜 척하는 깍쟁이는 아니었던 것 같다. 1소대(남학생), 2소대(남학생), 3소대(여학생) 중 내가 3소대를 총지휘하는 소대

1985년 우리 가족

장으로서도 무언가 궁금한 일들을 찾아 뛰어다니던 새끼강아지 마냥 에너지가 넘쳤다.

중학교 때는 합기도를 배우러 체육관에 다니면서 사범님께 배운 쌍절곤을 매일 휘두르며 다녔던 기억이 나서 순간 빵! 터졌다. 지금의 내가 '비련의 여주인공'이 될 수 없는 조건은 이미 타고난 듯하다.

어느 날 무릎 위에 보드판을 놓고 휠체어에 멍하니 앉아 있는데 우연히 굴러다니는 종합장이 눈에 들어왔다. 하얀 종이를 펼쳐 놓고 손에 펜 보조기를 끼워 끄적거려 보았다. 둔감한 손끝에서 수많은 선들이 형태로 그려지는 모습을 보다가 문득 그림을 그려 봐야겠다는 생각이 꿈틀거리기 시작했다.

빠져나오려 할수록 더 깊게 들어가는 진흙탕 같은 절망 속, 여전히 삶은 무기력하고 아무런 의지도 없었는데… 불현듯 햇볕에 우연히 드러난 유리알처럼 어떤 욕구가 반짝였다.

그저 뭔가 시간을 때우려고 끄적거렸을 뿐인데 어느새 그림이 됐고, 그 순간만큼은 모든 어지러운 생각들이 눈 녹듯 사라져 버렸다.

그렇게 운명처럼 그림이 내게로 왔다!

재능? 운?

…

꿈을 밀고 나가는 힘은 이성이 아니라 희망이며,
두뇌가 아니라 심장이다.
_도스토옙스키

평촌신도시 아파트로 이사를 하게 되면서 단지 바로 옆 중학교로 전학을 가게 되었다. 새 학기가 시작되고 다가올 체육대회 소식은 물 만난 물고기처럼 설레는 날이었다.

"너는 몸이 참 유연하구나. 선이 굉장히 고운데 무용을 해 보면 어떻겠니?"

많은 아이들의 함성 속 람바다 음악을 틀어 놓고 운동장 한가운데서 신나게 춤을 추던 나, 그 모습을 지켜보던 체육 선생님께서 나를 부르시더니 그렇게 말씀하신 것이다. 어쩌면 내 인생의 시발점이 된 첫 사건이었는지도 모르겠다.

가만히 앉아서 하는 어려운 공부는 안 그래도 따분하고 재미도 없는데 칭찬까지 덤으로 얹어 주시며 내가 가야 할 방향을 알려 주시니, 선생님의 권유 덕분에 나는 별다른 고민 없이 진로를 선택할 수 있었다.

호계동과 산본에 있는 유명한 입시학원도 다녀 봤지만 어찌 보면 공부가 하기 싫었던 핑계로 선택한 무용이었다. 재능이었는지 아니면 운이었는지 예상 외의 좋은 성과가 빠르게 이루어졌다. 예고가 아닌 인문계 고등학교를 선택한 후 출전했던 첫 무용경연대회에서 장려상(3등)이라는 성적을 거둔 것이다.

경기도 안양교육청이 주관한 학생무용경연대회라 나는 월요일 전체 조회 시간에 강단에 올라가게 되었다. 내가 왜 갑자기 학교를 빛낸 재학생이 되어 교장 선생님이 전달하는 상장을 받는지 다들 신기해하면서도 진심을 다해 박수를 쳐 주었다. 학생부 단골 호출과 체벌만 익숙하던 나는 이미 1학년 담임에게 강제 전학 통보까지 받은 후였다.

이런 특별한 경험으로 학교라는 곳에 마음을 붙일 수 있게 된 계기가 되어 2학년 때는 담임 박하영 선생님과 단둘이 국립극장으로 발레 공연을 보러 가기도 했다.

처음 본 공연과 처음 맛본 서브웨이 샌드위치를 함께 먹던 그 시간이 얼마나 설레고 좋았던지! 지하철을 같이 타고 집으로 돌아오는 길, 포기하지 않고 꼭 졸업장을 받겠다고 다짐했었다.

우연인지 고등학교 체육 선생님도 무용을 전공하셔서 날 관심 있게 봐주셨던 터라 과천시민회관에서 진행된 학교 축제에서도 전교생의 시선을 받으며 공연을 하게 되었다.

"와! 재 최지현 아니야?"

무대 위로 올라가자 순간 아이들이 웅성거렸다. 친구들 생각엔 내가 늘 그랬듯 MC해머 같은 댄스 음악에 맞춰 신나게 춤을 출 줄 알았는데 얌전한 흰색 한복 차림의 살풀이라니. 너무 의외인 내 모습이 낯설고 어색하기만 했던 친구들 모두가 "폽! 짜르르!" 차마 끝날 때쯤을 못 참고 동시에 웃음을 터뜨리고 만 것이다. 터져 나온 아이들의 웃음소리에 춤을 추던 나도 그만 큭! 웃음이 터져서 살풀이인지 흐느적거림인지 모호한 춤사위가 돼 버리고 말았던, 그날의 그 웃음 가득한 시간들이 아직도 장롱 깊숙한 비디오 테이프 화면 속에 아련하게 남아 있다.

창작도 아닌 전통춤이라니. 사실 나는 처음부터 현대무용을 하고 싶다고 했었지만, 항상 동양적인 미모를 칭찬하시던 원장님께서는 내 시간표에 한국무용을 제일 많이 넣으셨다.

"우와! 황진이도 울고 가겠는데! 한복 입은 태 봐. 앤 그냥 무조건

1996년 고등학교 축제 공연 전 리허설

한국무용이야!"

원장 선생님의 설명은 황당할 정도로 너무 단순했다. 하지만 무엇보다 쾌활하고 밝은 성격 뒤에 숨은 내 또 다른 모습을 예리하게 발견해 주신 건 아닐까. 나도 모르게 내 영혼 깊숙이 숨어 있는 남에게 보이지 않는 가면 속 '진짜 최지현'을. 돌이켜 생각해 보면 일찌감치 내 그림자를 알아채신 거라 짐작할 수 있었다.

스승으로서 제자를 보는 통찰력인지 암튼 나도 모르는 나를 찾아 준 어른이 있었다니, 참 다행이다.

새벽에 친구들과 오토바이를 타던 중 사고가 나서 깁스를 하고 목발을 짚고 다닐 만큼 다리를 심하게 다쳤다. 그 핑계로 아예 무용을 그만두려고도 했는데 원장님과 사모님께서는 주말마다 집으로 전화를 해서 나를 학원으로 부르셨다. 밥을 먹이고 설거지를 시키고… 내가 앞으로도 있어야 할 연습실을 떠나지 않도록….

다행히도 또 한 번의 운이 따랐는지 큰 무용대회에서 1등이라는 상을 수상하게 되었다. 한국국악협회 안양시지부에서 주최한 국악경연대회 학생부 무용 부문에서 금상을 받게 되었고 그 덕분에 특별전형으로 대학에 가게 되었다. 예체능으로는 대학 진학을 생각해 보지 않았던 터라 앞으로 다가올 미래의 시간들이 조금은 설레기도 했다.

스무 살 대학생

...

과거는 상관없어, 아프긴 하겠지.
하지만 둘 중 하나야. 도망치던가, 극복하던가.
_〈라이온 킹〉

스무 살 시절의 나를 꺼내 보면 평범하지 않은 다양한 경험으로 기억된다.

대학에 들어가 같은 과 친구들 중에 제일 먼저 운전면허증을 따서 빨간 티뷰론(스포츠카)을 타고 다녔다.

우연한 계기로 미인대회(2000년 '사선녀전국선발대회'에서 진(眞) 수상)에도 출전해 200만 원이라는 상금도 받고, 아르바이트로 잠깐 활동했던 방송 리포터로 카메라 앞에 서기도 했다. 지인의 연간 회원권으로 덩달아 같이 승마도 배우고 십자수에 꽂혀 밤새 수를 놓기도 했다.

두산그룹에서 운영하는 전문 바텐더 양성 교육기관인 씨그램스쿨

2000년 KBS 사선녀전국선발대회_가운데 진(眞)

2001년 리포터 활동

1998년 뽀동이와 함께

(현 조니워커스쿨)에서 이론과 실기를 배우며 88기 수료생으로 당당히 이름도 남겼다. 단순하게 시작했지만 방학 때는 바플레어 레슨까지 받을 만큼 재미있었다. 개인적으로 수강료를 내고 찾아가 배울 만큼 잠도 줄여 가면서까지 연습에 모든 열정을 아끼지 않았다. 술을 단순히 먹는 걸로만 끝내지 않고 전문가가 되기 위한 노력 덕분이었을까, 칵테일 쉐이커를 화려하게 흔들던 톰 크루즈의 영화 〈칵테일〉처럼 밤에는 정식 바텐더로 일할 기회도 생겼다.

개강 후 우리 학과만 일주일 전 갑작스런 통보로 졸업여행을 가게 되었다. 하와이를 염두하고 있던 터에 '진도'라니 모두가 충격이었지만 누구도 토를 달진 못했다.

그래도 나름 대학생인데 수업 중에 특정 여교수한테 하이힐과 배꼽티를 지적받는 친구들도 있고 MT며 체육대회에서는 복장 불량이라는 꼬투리에도 단체로 엎드려 선배들한테 맞던 시대였다. 욱! 하는 마음에 학교를 때려치울까 정말 심각하게 고민할 정도였다.

난 그때나 지금도 여전히 햇살을 싫어한다. 그런데도 강의실 출입구 잔디광장 한가운데 앉아 일부러 강의 시간에 맞춰 담배를 물고 있었다. 학생들도 주민등록증을 가진 어엿한 '성인'이라는 나만의 소심한 반항이랄까, 예상대로 조교 선생님의 호출에 헛웃음을 짓던 일도 떠오른다.

그래도 안 가 봤던 지역이라 그 호기심에 졸업여행을 따라갔다. 진도 5일장에서 두꺼비 기름을 짜는 모습, 진돗개 구경, 씨름대회 관람, 신비의 바닷길 체험도 했다. 선배 한 분이 진도 분이라, 식당조차도 관광객 코스가 아니었다. 현지인처럼 동네 친구가 잡아온 물고기를 직접 손질해서 손으로 집어 주던 회까지… 괜히 왔다 싶었을 때 상(喪) 중인 집으로 향했다.

어른들한테 음식 좀 나르면서 막걸리나 마시고 있으라던 그곳에서 '씻김굿'을 바로 눈앞에서 보게 되었고, 소름 돋는 전율에 흥분된 나는 하와이 따위는 잊은 지 오래였다.

지금도 98학번 대학 시절을 떠올리면 졸업여행만 남아 있을 정도다.

그러다 어느 순간 나는 과감히 돌아서야 했다. 전통무용이 진심으로 좋아질 무렵이었다. 무대 위에 공연을 올리기까지 감내해야 하는 그 모든 불합리한 관행과 과정들, 그리고 내 성향에 맞지 않게 주어지는 부대적인 상황들까지 참을 수가 없어 과감히 전공 실기를 F학점을 받았고 다시는 하고 싶지 않아졌다. 그래서 그 어떤 미련도 남지 않게 내가 스스로 버렸다.

대학 졸업과 동시에 무용을 그만둔다고 하는데도 엄마는 나를 말리지 않았다. 자라면서 한번도 딸에게 공부하라고 강요한 적이 없는, 중학교 때 내 책가방 속에 있던 담배를 발견하고도 말없이 믿음으로 기다려 주신 엄마. 좋아하는 것엔 엄청난 열정으로 달려들지만 싫은 것은 거들떠보지도 않는 첫째 딸의 성격을 엄마는 이미 잘 알고 계셨던 거다.

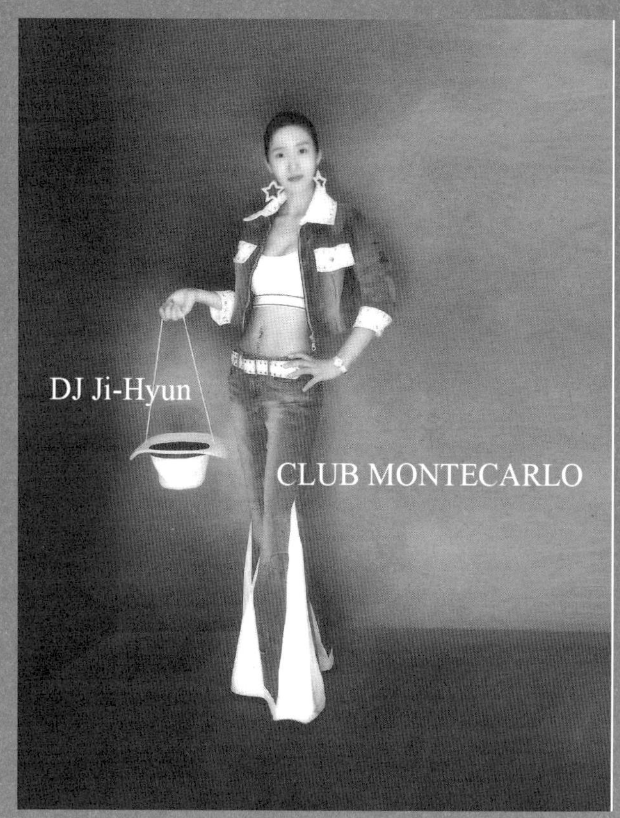

2003년 나이트클럽 DJ

졸업 후 방송연예과 선배들과의 인연으로 나이트클럽 DJ라는 새로운 직업에 도전하게 되었다. 강남 M나이트클럽에서 하우스 DJ로 시작해 그룹사운드 밴드팀과 연예인 출연진들의 스케줄 조절까지, 연예부의 모든 일을 맡아 했다. 그 모습이 연예부장님과 상무님을 통해 사장님에게 전해져 첫 월급 인상으로까지 이어졌다.

일이 끝나면 인천 계양구 A나이트클럽에 가서 DJ 대선배에게 음악 작업과 믹싱을 배우러 다녔고 본격적으로 무대 위에서 입담과 댄스 실력을 유감없이 발휘하기도 했다.

그야말로 화려한 시절이었다. 궁금한 건 뭐든 다 찾아가 도전해볼 수 있는 자유와 열정이 나를 살아 숨 쉬게 했다.

신나고 재미있었지만, 어쩐지 행복하진 않았다. 왜였을까….

2010년 3월 10일, 추억의 첫 장을 넘기며

…

열정이 없는 사람은 움직이지 않고
바람을 기다리는 배와 같다.
_아우센 우세

그림을 만나지 않았더라면 나는 어쩌면 지금도 스위스 '디그니타스'를 통한 조력자살만 생각하며 어둠 속에 스스로를 가두었을지도 모른다.

그저 그리는 동안은 조금씩 지워지기 시작한 현실의 상황들… 종이 위에 점을 그리고 선을 잇고 면을 메워 가는 동안 오롯이 나를 잊고 그림이 완성되어 가는 과정에서 기쁨을 느낄 수 있었다.

어느새 끄적거리는 정도로는 만족할 수가 없어졌다. 좀 더 새로운 걸 그려 보고 싶은 의지가 나를 살고 싶게 만들었다. 그림을 배우고 집중해서 그릴 수 있는 곳을 찾고 싶었다. 비장애인들은 마음만 먹으면 미술학원이든 화실이든 문화센터든 다양하게 선택할 수 있지만 중증장애인이 갈 수 있는 선택지는 거의 없었다.

열심히 인터넷으로 찾다가 한국장애인미술협회에서 진행하는 프로그램이 있다는 것을 알게 되었다.

용기 내어 전화해 보니 마침 그다음 날이 첫 수업이라고 했다.

척수장애인들만 보다가 뇌병변장애인, 소아마비장애인, 청각장애인 등 처음 만나는 장애인들이 엄청 많았는데 분명 아무것도 몰라도 된다고 하더니 다들 그림 20년 이상 경력을 가진 중견급 작가들이 대부분이었다. 나만 처음이었기에 수업 설명 내내 기가 죽었다.

여긴 내가 올 곳이 아닌 것 같아서 끝나자마자 가려고 하는데 구필화가 김영수 작가님께서 인사를 건네셨다.

"처음 보는 얼굴인데 뭘 그리고 싶으세요?"

나는 수줍게 강아지 같은 동물을 그리고 싶다고 대답했다.

"아! 그럼 도움이 될 게 있는데, 내일 이 장소로 2시까지 누드크로키 모임에 나오세요."

장애인·비장애인이 함께 누드모델을 보고 크로키를 하는 '선사랑드로잉회'라는 곳이었는데, 전날 본 장애인 작가님들이 다 계셨다.

"아무것도 모르는데 사람을 그려요?"

처음 경험해 보는 내 앞의 누드모델보다 아무것도 모르는 초짜한테 무조건 그리라고 하는 상황이 내겐 더 놀라웠다. 그래도 뭐 어쩌겠나, 하라는 대로 어쩔 수 없이 그냥 개발새발 그릴 수밖에. 대충 그리다 보니 얼추 형태만 흉내 낸 그림이 그려졌다.

"어머나, 바스키아 작품 같네? 표현이 남달라요!"

그렇게 엉성하게 그렸는데도 뭐가 남다른 건지. 아마도 내가 계속 그림을 그릴 수 있게 하려는 칭찬 전략임에 틀림없었다. 이른바 좌은주, 우현임(문은주, 신현임 작가)의 활약이었다. 매번 내 양 옆자리를 지정석처럼 맡아 두던 두 언니들 덕분에 흥미를 잃지 않고 빠짐없이 계속 다닐 수 있었다.

매번 처음 접하는 다양한 재료를 빌려주면서 나를 챙겨 주던 진심에 이 시간들이 재밌었고, 그럴수록 그림을 향한 열정은 점점 더 커졌다. 1, 2주에 한 번씩 그림을 그리는 것만으로는 더 이상 성에 차지 않게 될 만큼.

"우리 화실에 와서 마음껏 그려."

누드크로키 모임만으로는 그림에 대한 갈증을 채울 수가 없게 되자 '국내 최초 장애인화실' 소울음(현 소울음아트센터)에서 다양한 작업을 접할 수 있었다. 故 최진섭 화백님이 운영하던 곳인데 그때만 해도 이전하기 전 건물이라 2층 화실까지 가파른 계단에서 휠체어 채로 들려 힘겹게 오르내려야만 했다.

사당동에서부터 안양까지 두 달 가까이 매일 오가며 비가 오는 날에는 차에서 내리는 순간부터 쫄딱 젖는 고생도 마다하지 않았다. 그림에 온 열과 성의를 다하는 동안 욕창이 서서히 악화되어 가는 것도 모른 채.

살짝 상처가 있던 엉덩이를 조심했어야만 했는데 만만하게 보고 1박 2일 야외 스케치까지 갔다.

신경 손상으로 땀이 나지 않았기에 언젠가부터 오한과 식은땀이 반복되는 신호를 무시하면 안 되었던 것이었다. 욕창은 10cm나 되는 깊이로 파고들었고 꼬리뼈까지 전이가 돼 있었다. 결국 꼬리뼈 끝을 잘라 내는 수술까지 한 덕분에 몇 달을 침대에서 지내야 했다. 엎드려서도 계속 그림을 그린 탓에 나중엔 팔꿈치에도 상처가 생기면서 앉지도 눕지도 못한 상황까지 되어, 그때 생긴 팔꿈치 욕창은 지금까지도 말썽을 부리곤 한다.

그런데도 가족들은 아무도 내가 엎드려 그림 그리는 것을 말리지 않았다. 그렇게 몸이 상하도록 몰두하니 웬만하면 말릴 법도 했으련만, 심지어 동생들은 물감 등 미술 재료를 계속 사다 주는가 하면 시부모님은 매달 용돈도 주시고 응원을 아끼지 않으셨다. 모두 내가 그림을 그리면서 행복하길 바랄 뿐이었다.

팔꿈치로 지탱하며 패여 버린 생살의 고통을 견뎌야 했고 상처에 메디폼을 붙여 그나마 덜 아프게 그릴 수 있는 방법만을 찾았다.

나는 동양화가!

…

고통이 너를 붙잡고 있는 것이 아니다.
네가 그 고통을 붙잡고 있는 것이다.
_붓다(佛陀)

내 그림의 멘토이자 이콘 작가인 이윤경 선생님이 작년에 이런 얘기를 한 적이 있다.

"나 7년 전 지현씨 처음 보고 깜짝 놀랐잖아. 너무 예뻐서. 사진 보니 물론 사고 전 모습도 예뻤지. 그런데 그때는 차갑게 예쁜 얼굴이었잖아. 눈빛도 냉정해 보이고. 그런데 지금은 부드러워지고 난 지금 모습이 더 좋더라."

그림을 그리게 된 이후 내 표정을 그렇게 말씀하신 것이다.

처음엔 어떤 피드백도 없이 한 달을 그냥 지켜보셨다. 움직이지 않

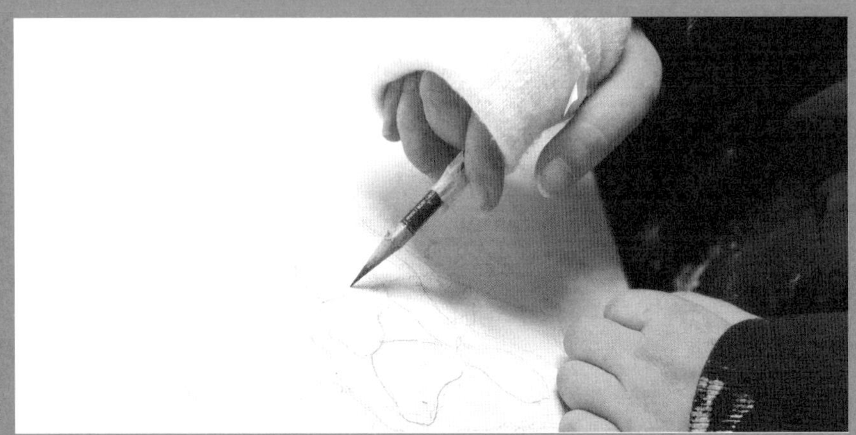

스케치

채색

는 손가락은 누구도 흉내 낼 수 없는 독특한 필력으로 표현된다면서 그림을 포기하지 않게 중심을 잡아 주셨던 첫 스승님. 사고 전 내가 두 다리로 도도하게 서 있던 당당한 얼굴보다 지금 내 표정이 훨씬 더 예쁘다고 항상 자신감을 심어 주시려 했던 마음이 참 고마웠다.

지금까지도 선생님 댁에 선물 세트가 들어오면 일부러 날 챙겨서 갖다 주시곤 하는데 대부분 홍삼이다. 산삼보다도 더 힘이 나는 선생님의 응원까지 열심히 하고 싶은 에너지를 주셨다.

내 인생 소중한 은인들을 몇 사람 꼽자면 아마 열 손가락 안에 들 만큼 타인을 대하는 삶의 자세를 본받고 싶은 인생 선배이다.

그림을 그린 후로 하루하루 내 표정이 달라졌다는 것은 나조차도 느끼고 있다. 숨만 쉬는 상태로 살았을지도 모를 내 삶에 그토록 고통스럽던 '살아 있다'는 사실을 이제는 감사할 수 있게 되었다.

그렇게 나는 화가로 다시 태어났다!

그림을 시작하게 되고 우연히 알게 된 동양화 채색화 실기를 배우면서 그다음 해인 2014년에는 대학 입학원서를 냈다. 회화과의 특성상 서양화 위주의 교육이지만 현대미술은 재료에 대한 제한을 두진 않기에 과제와 작품은 계속 채색화로 진행했다.

대학 졸업 후 동양화론을 배우고자 대학원은 동양화 전공으로 선택했다.

가끔 인터뷰를 통해 왜 동양화를 선택했는가에 대한 질문을 많이 받는다. 뭔가 특별하고 멋진 이유를 댈 수 있으면 참 좋겠지만 그냥 단순하게 유화 냄새가 비위에 안 맞고 싫었다. 색을 수없이 덧칠하고 또 덧칠해야 하는 과정은 좀 고되지만, 언제든 그림을 덮고 그 위에 다시 그릴 수 있는 호분(胡粉)이라는 안료의 장점이 내가 특히 진채화를 좋아하는 가장 큰 이유이기도 했다.

'채색화' 하면 대표적으로 떠오르는 '천경자' 화백의 그 강렬하면서도 독보적인 색감. 바로 그런 매력 때문에 채색화에 더욱 끌렸을지도 모르겠다.

분채(粉彩)를 아교(阿膠)에 개어 한지에 작업하는 채색화는 그 어떤 다른 그림보다 인내가 필요한 작업이다. 결코 한 번에 그려질 수가 없다.

색을 한 번 올리고 그다음 또 올리고 그 위에 또 올리고 다시 올리고… 원하는 표현이 나타날 때까지 계속해서 물감을 쌓아 올리다 보면 색에 더해지는 깊이감이 어쩌면 세월이 만드는 깊이와 비슷하다는 생각이 든다. 물감이 덧칠해지면서 점점 윤곽이 생기고 표정이 나오고 명암이 드러나는 모습이 마치 인생에 세월이 더해지는 것 같았다.

어쩌면 나를 가장 매료시킨 채색화의 매력은 인내와 기다림과 더불어 쌓아서 산다는 것! 색을 덧칠한다는 건 서양화적인 표현으로 동양화에서는 '쌓아 간다'고 표현하는데 인내와 기다림으로 쌓아 가고 또 쌓아 가며 자기만의 색감을 완성해 가는 모습이 마치 인생

2017년 지역아동센터 동양화 수업

을 닮았다.

대학 4학년 졸업 전시를 앞두고 '고양이'를 주제로 한 채색화 작품을 그렸다.

나는 특히 파란색 고양이를 주로 그렸는데 2009년 개봉한 영화 〈아바타〉에서 받은 영감 때문이다. 하반신마비장애를 가진 주인공이 아바타를 통해 다시 첫발을 내딛던 순간, 통제력을 잃고 앞으로 달려가며 자유를 만끽하던! 이미 나도 그 속에 함께 존재했다.

푸른 고양이는 내 화판 위를 뛰어놀며 해방감을 주는 나의 아바타이자 내 페르소나이다.

그 밖에도 다양한 주제의 그림을 수묵담채, 전통채색, 디지털 콜라주 등 다양하게 시도해 왔다. 동양화라고 하면 사군자로만 생각해 재미없고 진부하다고 하는 사람들에게 새롭고 신기한 매력을 알려 주고 싶기 때문이다. 색감과 깊이가 주는 매력에 내가 매료되었듯 특히 아이들이 그 매력을 알아봐 주기를 바라면서, 앞으로도 미술체험 수업을 통해 다양한 시도를 아끼지 않을 생각이다.

내가 그림을 그리기 위해서는 손에 붓을 연결한 나무 막대기를 고정하는 것만으로는 충분하지 않다. 휠체어에 앉은 다리에 이젤이 걸리기 때문에 몸을 옆으로 튼 자세로 오랜 시간 작업을 한다. 내내 긴장하고 있던 어깨와 온몸이 척추측만증과 더불어 근육통으로 밤새 아우성을 쳐댄다.

그뿐인가. 사고 당시 골절된 손목은 오래 유지하기가 힘들어 세밀

한 인물화 작업을 마치고 나면 붓을 떨어뜨리거나 물감을 쏟는 일도 다반사다.

손 기능을 대신할 팔의 힘이 없어서 처음엔 손목 아대에 연필을 끼우고 한 50번쯤 그렸다 지우기를 반복해야 겨우 똑바른 선 하나를 그을 수 있었다. 여러 번에 걸쳐 색을 쌓아 입히는 채색화의 특성상 작품 하나를 완성하는 데 1년이 걸릴 때도 있을 만큼 고된 막노동과 다름이 없다.

나를 닮은 추상화

...

세 사람이 길을 가면 반드시 나의 스승이 있으니,
그들로부터 좋은 것은 가려 따르고 좋지 않은 것은 고친다.
_「논어」〈술이〉

대학원에 입학할 때 면접을 보셨던 세 분의 교수님 중에서 미술대학원장이셨던 이선우 교수님이 내 PPT 발표를 보시고는 수업 중간 쉬는 시간에 말씀하셨다.

"지현이 너 그런 식으로 그리다가 죽어! 스스로도 스트레스 많지? 왜 그렇게 자신을 학대하면서 그려?!"

내가 신체적인 장애 상태를 고려하지 않고 힘겨운 과정을 통해 작업하고 있다는 것을 간파하신 것이다. 몸에 있는 에너지를 다 끌어 쓰다 보면 힘든 작업은 독이 퍼지듯 계속 축적된다는 걱정의 말씀이셨다.

2019년 JW아트어워즈 대상

"너무 틀에 얽매이지 말고 다른 방법으로 시도해 봐. 물감을 뿌리든 떨어뜨리든 좀 더 자유롭게. 네 안의 세계를 표현해!"

무리하게 그림을 그리는 제자를 아끼는 마음에서 그렇게 간곡히 다른 길을 제시해 주시는 교수님의 마음에 울컥한 때가 종종 있었다. 나에게는 '진정성'이란 무기가 있다며 지금까지도 응원을 아끼지 않으신다.

추상 작업은 대학교 2학년 때 '블루'라는 주제로 동아리 미니기획전에서 처음 발표해 본 적이 있다. 그때 내 작품을 보시고 두 분의 학과장님 모두 칭찬하시며 사이즈가 작아 아쉽다고 하셨던 기억이 난다.

그때의 좋았던 느낌 때문이었는지 아마도 계속 머릿속으로 추상화를 생각하고 있었나 보다. 이선우 교수님의 조언에 힘을 얻어 바로 개인전으로 진행했던 걸 보면….

"지현씨 그림 아닌 줄 알고 다른 전시장으로 갈 뻔했잖아."

대학원에서 제일 친한 이혜란 선배한테 전화가 왔다. 첫 번째 개인전에 축하해 주러 들렀다가 완전 다른 화풍에 놀라 나가서 다시 보니 '동양화가 최지현' 이름이 맞다는 것이다.

훗! 내 그림을 전혀 다른 작가의 작품으로 착각할 정도였으니 새로운 나의 변신은 일단 성공한 셈이다.

개인전은 애초부터 추상화를 염두에 두고 시작했다. 각기 다른 재료지만 같은 기법으로 행하는 수면(水面) 작업으로 세 번의 전시회를 계획하였다. 병원에서 링거액이 떨어지는 모습을 보면서 한 방울 한 방울씩 먹물을 떨어뜨리면 어떨까? 저 링거 안에 먹물을 넣어 한지 위에 흘려 보고 싶은 엉뚱한 상상으로 시작되었다.

내가 누군가? 호기심 부자가 아니던가! 그 궁금증에 퇴원 후 작업실을 매일 난장판으로 초토화시켰다. 뿌리고 흘리고 쏟기도 하고 또다시 엎고, 물바다로 뒤섞인 바닥은 언제나 그렇듯 남편과 활동지원사 이모님의 수습으로 정리됐다.

그러기를 몇 달… 시행착오 끝에 동양의 스미나가시(すみながし), 동서양의 에브루(Ebru), 그리고 서양의 마블링(Oil Marbling)까지 세 번의 전시 계획을 세우고 두 번의 개인전을 마쳤다.

2018년 첫 개인전은 먹물과 아교를, 2020년 두 번째 개인전은 튀르키예 천연물감에 소 쓸개즙을, 마지막 세 번째는 프랑스 마블링 전용 물감을 사용한 작품들로 채워질 것이다.

그렇지만 내 새로운 시도에 대해서는 호불호가 많이 갈렸다. 어떤 사람들은 극찬했고 또 어떤 사람들은 시큰둥하거나 이전 구상 작품이 더 좋다고 했다. 칭찬은 칭찬대로 무반응은 무반응대로 여러 사람의 피드백을 듣고 나니 더 열심히 하고 싶은 영양제가 되어, 나는 둘 다 괜찮다.

1회 개인전 작품들이 호불호가 갈렸던 만큼 'JW아트어워즈' 공모

전에서 대상을 수상했을 때나 서울특별시 문화본부 박물관과에서 매입을 하는 등, 공식적인 호응이 많아질 때는 노력한 시간에 대한 인정을 받은 것 같았다. 더 새로운 시도를 맘껏 해 봐도 되겠다는 용기를 주는 순간이기도 했다.

특히 2회 개인전 작품은 국립현대미술관 정부미술은행에 매입되어 삼엄한 경비 속에 작품을 전달하는 감격스런 경험을 하기도 했다. 그런 공신력 있는 기관에서 계약서에 인감을 찍는 순간, 내가 '장애예술인'의 한 사람이라는 사실에 가슴이 벅차올랐다.

추상(抽象)을 시도하면 조금은 마음의 여유가 생긴다. 구상 작업을 하다가 힘들어지면 비구상 작업을 하면서 스트레스를 풀고, 또 비구상 작업을 하다가 열정이 솟으면 구상 작업으로 마음을 다잡는다. 그렇게 추상과 구상을 겸하면서 한 가지에 얽매이지 않고 작품을 하기에 '화가 최지현의 화법'은 아직 사람들에게 규정되지 않은 무엇일지도 모른다. 끊임없이 새로운 방식으로 기존의 나를 깨뜨리고 확장해 가는 것이 바로 '최지현 스타일'이 아닐까?

지금까지의 내 삶이 그래왔던 것처럼.

"최지현의 작품 〈세상을 향한 몸부림의 탈출구〉 시리즈는 한지 위에 마블링 기법을 활용하여 마치 출렁이는 물 분자들의 파동과 진동이 느껴지게 형상화했다. 이러한 자연스럽고 자유로운 물의 움직임은 신체적 제약과 한계상황에서 벗어나고픈 갈망일 것이다." _최광진(미술평론가)

야동이 & 뽀동이

…

너는 나에게 이 세상에 단 하나뿐인 존재가 되는 거고,
나도 너에게 세상에 하나뿐인 유일한 존재가 되는 거야.
_「어린 왕자」

우리 집에 살고 있는 고양이 '야동이'는 나를 닮았다. 아니, 내가 야동이를 닮았다고 해야 하나? 야동이란 이름을 들으면 사람들은 한 번쯤 '헉!' 하는 민망하고도 의아한 표정을 짓기도 한다.

야동의 한자는 惹(이끌 야), 動(움직일 동) 자를 써서 움직임을 이끄는, 즉 '모두의 행동을 이끌어 내는 사람'이라는 의미이다. '동'자를 돌림으로 지었던 건 내 몸과 마음을 움직이게 만드는 활력과 의지를 주는 '뽀동이'의 존재를 잊고 싶지 않아서다.

어깨 전체의 힘을 이용해 팔을 움직일 수는 있지만, 손가락이 구부러져 있는 내 손은 고양이의 손(앞발) 모양과 닮아 '고양이 손을 가진 동양화가'라는 소개를 시작으로 장애인식개선교육 강의를 시작한다. 힘없는 양손으로 움켜쥔 손 모양이 마치 글러브를 낀 것 같은 야동이의 사랑스러운 모습을 생각하면 내 굼뜨고 둔한 손동작도 그리 나쁘게 느껴지지만은 않는다.

야동이는 내가 처음으로 키운 고양이다. 20대 초부터 절친인 언니가 딱 2명이 있는데 몇 해 전부터 공인중개사 일을 하는 박상희 언니, 또 한 명 윤미선 언니다.

그중 미선 언니네 고양이 '미미'가 네 마리의 새끼를 낳아 젖 뗄 시기니 그중 한 마리를 데려가라고 했다. 뽀동이를 하늘로 보내고 힘들어하는 나를 걱정하는 마음에 그랬을 텐데 정작 나는 망설였다.

오래전 보던 〈전설의 고향〉에서는 개는 착하게 나오는데 왜 고양이는 못된 주인공으로 등장했는지! 원한 품은 고양이가 죽어서도 귀신으로 나타나 복수하고 게다가 매일 죽은 쥐를 물어다 놓는다는 내용이 어린 나는 너무 무서웠다.

20년도 더 지난 오래전 일이지만, 주차하려던 집 앞에서 건방지게 누워 있던 고양이와 마주쳤는데 빵빵! 크락션 소리도 무시하며 나를 빤히 쳐다보는 것이었다. 운전석에서 내려 소리치려던 순간 고양이가 기지개를 켜며 일어나는데 앗! 주변을 보니 우리 둘뿐인 것이었다. 나는 얼음이 된 듯 너무 공포스러웠다. 최대한 자연스러운 척, 눈을 내리깔고 슬며시 후진으로 줄행랑을 치던 굴욕적인 흑역사를

작업실을 지키는 고양이 '야동이'

지닌 내가 어떻게 고양이를 키울 수 있을까! 며칠을 고민 끝에 결국 안산으로 직접 데리러 갔다.

처음에는 무서워할 줄만 알았지 정작 고양이에 대해서는 아무것도 모르는 집사들 때문에 야동이가 고생이 많았다.

첫날, 야동이를 우리 방에 두고 외출했다 돌아오니 집에 온 지 10시간이 훨씬 지났는데도 어쩐 일인지 화장실을 가지 않았다고 한다.

바로 언니에게 전화를 했더니 고양이용 모래를 사다가 화장실을 따로 마련해 줘야 한다고 했다.

'앗, 화장실!'

여태 화장실이 없어서 안 갔다니… 부랴부랴 모래를 구해다가 서둘러 배변판을 만들어 줬다. 그때서야 참았던 오줌을 모래 위에 졸졸졸 쏟아 냈다.

아무 데나 볼일을 보지 않고 참고 있던 모습을 보면서 불현듯 뽀동이가 떠올랐다. 우리 집에 처음 왔을 때 욕실로 혼자 들어가 쉬를 하던 뽀동이의 모습과 오버랩이 되는 순간 나도 모르게 야동이를 와락 안아 주고 말았다.

무지한 집사 때문에 야동이가 애를 먹은 건 그뿐만이 아니었다. 고양이의 나이와 치아 상태에 따라 그에 맞는 사료를 준비해 줬어야 했는데 그것 역시 미처 생각을 하지 못했다.

그냥 일반적인 사료를 사다가 주었더니 녀석이 사료를 좀처럼 먹지 않았다. 겨우 딱 사료 두 알만 먹고 마는 게 걱정이 돼서 언니에게 또 전화했더니,

"아직 이도 나지 않은 아이한테 우유를 줘야지!"

하는 것이다.

'아, 그렇구나! 이가 없구나.'

내가 아기를 키워 본 경험이 없어서일까? 새끼 고양이도 당연히 이가 있는 줄 알았던 거다. 그렇다면 대체 그 딱딱한 사료 두 알은 어떻게 먹은 걸까? 배가 고프니 그냥 입에 넣고 녹여 먹었는지 삼켜 버렸는지 알 수 없는 노릇이었다.

새벽 시간이라 양재동에 있는 24시 대형마트에서 부랴부랴 우유랑 통조림을 사다 주니, 그제야 아주 잘 먹는 것이었다.

남다른 위엄과 품위를 지닌 페르시안 고양이! 여느 새끼 고양이와는 다른 야동이의 모습을 보면서 뽀동이가 나에게 선물로 보내 준 친구가 아닐까 하는 생각이 문득 들었다.

뽀동이는 내가 사고 전부터 사고 이후까지 오랫동안 함께했던 반려견이었다. 파양 후 사연 많은 강아지를 이모가 데려다 키우다가

출산과 동시에 새끼까지 죽고, 세 살이 안 될 즈음 우리 집으로 데려와 열여덟 살로 생을 마감할 때까지 쭉 함께 살았다.

지금까지도 유골함을 곁에 두고 지낼 만큼 마음을 닫고 그 어떤 누구에게도 정을 안 주려 했는데, 야동이의 그런 모습을 보니 결국 마음이 열리지 않을 수 없었다.

그 후로 나는 고양이를 무서워하지 않게 됐다. 야동이가 소중한 가족이 됐기 때문이다.

나는 늘 사랑이 절절한데 요녀석은 얼마나 도도하게 거리를 유지하며 집사를 길들이는지. 고양이와 사랑에 빠진 집사들이 흔히 말하는 애교 많고 살가운 개냥이는 언감생심 바라지도 않는다. 가끔 안아 줄 수만이라도 있다면 좋을 텐데….

누가 자기를 건드리는 것 자체를 무척 싫어하는 개인주의적인 고양이가 바로 우리 야동이다. 한번 쓰다듬으려면 어느새 다른 곳으로 도망가 버리기 일쑤고 온 집안을 제멋대로 어슬렁거리다 가끔 한번씩 선심 쓰듯 30cm 거리 앞에 와 주는 시크한 매력.

여러모로 나를 많이 닮은 고양이, 야동이는 나의 페르소나다!

염치 없이 찾아온 암

…

약은 먹기 두렵지만,
어떤 환자에게 그것은 꼭 필요하다.
인생이 때로 여러분을 고통스럽게 하더라도
신념을 잃지 말기 바란다.
_스티브 잡스

어느 저녁, 평소 친하게 지내던 집 근처 '임해성 내과' 원장님이 남편에게 이런 메시지를 보내왔다.

"지현씨 종양 모양이 아무래도 안 좋은 것 같아요. 아무래도 큰 병원에 가 보는 게 좋겠어요. 너무 놀라진 말구요."

내가 워낙 스트레스성 위장 질환을 고질병처럼 달고 사는 환자인지라 10년의 세월만큼 나에 대한 모든 질환을 거의 알고 있는 주치

의나 다름없는 분이다.

내 가슴에 생긴 멍울이 이상해서 남편이 먼저 원장님께 상의를 구했는데, 일단 내 초음파 사진을 찍어서 원장님 와이프(유방외과 의사)에게 검토를 맡기는 것으로 적극적인 상담을 해 주셨다.

전문의가 면밀하게 검토한 후 보낸 메시지라, 아니길 기대하던 남편이 한숨을 내쉬었다. 반대로 나는 전혀 놀라지도 않을 뿐더러 다른 결과를 기대하지도 않았다. 가슴에 있는 멍울을 발견한 그 순간부터 이미 암이란 것을 직감하고 있었기 때문이다.

속으론 치료에 대한 의지를 조용히 내려놓았지만 그래도 검사는 한번 받아 보자 싶었다. 그것도 역시 두려움이 아니라 호기심 때문이었다.

대학병원 암센터 앞은 침울했다. 세상에 이렇게 많은 유방암 환자가 있단 말인가! 그 안에 내가 포함되어 있다니 기분이 어쩐지 묘했다. 낯선 두려움 앞에 울음을 터뜨리거나 한숨을 토하며 무력하게 앉아 있는 사람들 속에서도 무덤덤했다.

그 덤덤함은 대체 어떤 이유에서였을까? 더는 무서울 게 없다는 오만인지, 어차피 사지마비인데 더 이상 뭐가 더 나빠지겠냐는 체념인지, 아니면 '차라리 쉽게 죽을 수 있어서 오히려 잘됐다.' 싶은 안도감에서였을까?

그 어디서 비롯된 건지는 잘 모르겠지만 편안한 얼굴로 기다리고 있는 모습이, 마치 나만 오려다가 다른 배경에 붙여 놓은 듯 어색한 콜라주 같았다.

이미 씌어진 각본을 끝까지 다 읽어 버린 사람처럼 그럴 줄 알았다는 듯, 객석에 앉아 있는 관객이 되어 다른 환자들의 우는 모습을 바라보았다.

그 순간, 아이 엄마인 내 동생들이 아니라 '차라리 나여서 다행이다.'란 생각이 드니 한편으론 썩 나쁘지만은 않은 상황이라는 안도감도 들었다.

엄마, 엄마… 우리 엄마

…

아침나절 성턴 몸이 저녁내로 병이 들어
실낱같은 약한 몸에 태산 같은 병이 드니
부르나니 어머니요, 찾는 것은 냉수(冷水)로다.
_「회심곡」〈죽음의 길〉

나는 의사가 권하는 치료를 하지 않을 생각이었다. 이미 결말을 알고 있는 책장처럼 그저 무심히 마지막 장까지 넘겨 버릴 참이었다. 내 안에 암이 자연스럽게 생겨났듯이 그렇게 있는 그대로 흘러가도록 내버려 두리라 마음먹었다. 치료한다는 명목으로 억지로 구차하게 목숨을 구걸하고 싶지 않았다. 설령 그대로 생이 끝난다고 해도 더는 미련도 후회도 없을 것 같았다.

비단 암이 아니어도 나는 이미 수많은 병원 생활로 그 고통을 너무 잘 알고 있기 때문이다. 죽는 것보다 내게 올 또 다른 통증과의 싸움이 더 무서웠다. 생의 끝엔 누구에게나 너무 뻔한 결말이 정해

져 있는데, 인생의 또 다른 갈피에서 새로운 무언가를 마주해야 한다면 차라리 남아 있는 삶의 마지막 장은 덮어 버리려 했다.

내가 중환자실에서부터 어떤 고통을 겪으며 여기까지 살아 나왔는데! 죽을 고비마다 얼마나 힘겹게 싸워 냈는데! 이제 와서 나더러 또 다른 고통을 맞이하라니 정말이지 그렇게는 안 하고 싶었다. 아니, 사실 너무 무서워서 도망가고 싶었는지도 모르겠다.

수술을 거부했고 치료를 받지 않을 생각에 그 당시 가족들 누구에게도 암이란 사실을 알리지 않았다. 남편은 눈물로 호소하며 여기저기 알리기 바빴지만….

지금도 작년 8월에 자궁과 전이된 나팔관 한쪽을 제거한 수술을 엄마는 아직 모르고 계신다. 파킨슨 판정을 받고 힘없이 늙어 가는 엄마 품을 찾을 순 없었기에 어린 시절의 나처럼 스스로 강한 마음을 가져야 했다.

1년 가까이 지난 2017년 8월, 결국 나는 수술을 받아들였고 다시 생의 이편으로 돌아왔다. 치료를 미루는 동안 암은 0기에서 1기로 전이되긴 했었다.

내가 마음을 돌린 데는 〈TV 동물농장〉에서 주인이 먼저 떠난 강아지가 우울증으로 식음을 전폐하는 모습을 본 영향도 있었다.

젖을 떼자마자 어미와 자매들과 떨어져 우리와 함께 살아온 자식 같은 야동이. 보호자로서 끝까지 책임을 안 지고 나만 힘들다고 이 녀석을 두고 갈 생각만 했다니, 함께하기로 한 인생길을 내가 먼저 배신하는 것처럼 남편에게도 너무 무책임한 건 아닌가? 남편에게도 야동이에게도 내가 너무 이기적이라는 생각에 흔들리기 시작했던 것이다.

아마 뽀동이를 떠올리면서 더더욱 그런 생각이 들었던 건지도 모르겠다.

열여덟 살이 되던 해, 노견이던 뽀동이는 결국 안락사로 생을 마감했다. 온몸 가득 탁구공만한 크기의 종양들 때문에 힘들고 아파하면서도 오히려 날 걱정하듯 슬픈 눈망울로 바라보던 표정이 지금도 생생하다.

직감적으로 시간이 얼마 남지 않았다는 걸 알았다. 난 우리 뽀동이가 다시는 돌아오지 못할 아주 먼 곳으로 가 버릴까 봐, 자다가도 몇 번씩 일어나서 흔들어 보거나 심장이 뛰는지 확인하던 게 습관처럼 되어 버렸었다.

언젠가부터는 뒷다리의 힘이 많이 빠져 잘 일어나지도 못했다. 할 수 없이 강아지용 기저귀를 채워 놔야 했었는데, 그런데도 끝까지 일어났다. 몇 번을 넘어져 가며 방에서 거실까지, 거실에서 욕실까지 힘겹게 걸어 나갔다. 결국 욕실로 들어가 기저귀를 찬 채 평소 오줌 싸는 자세로 쪼그려 쉬를 하던 모습에 얼마나 울었던지… 그렇게 포기하지 않는 모습이 속상하고 안쓰러웠고 특히 나 자신이 너무 부끄러웠던 것 같다. 내가 이렇게 무기력하게 살면 안 되겠다는 결심을 하게 했던 반성의 나날이었다.

지금도 마음이 아려 온다.

이틀 밤낮을 꼬박 먹지도 자지도 못한 채 애처롭게 끙끙 소리만 내던 모습이 떠올라 끝까지 함께하겠다고 약속했었는데, 그 약속을 지키려고 했었는데… 너무 보고 싶다… 다시 한 번만이라도 품에 안고 싶다.

화장터에서 우리 뽀동이가 뼛조각이 되어 분쇄기에서 유골함에 담기는 모든 과정을 보고 나니 가슴이 갈기갈기 찢어지는 것 같았다.

낯선 곳에 혼자 두고 올 수가 없어서 집에 유골함을 함께 데려왔다. 가족 모두가 잘 했다며 지금도 한 번씩 뽀동이와의 추억들을 기억한다.

만약 내가 뽀동이의 안락사를 선택하지 않았더라면 조금은 오래 내 곁에 있을 수 있었을까? 혹시 더 살고 싶지 않았을까? 문득 그런 생각들이 들곤 한다. 그 작고 연약한 아이에게 내가 뭐라고 한 생명을 내 마음대로 결정해 버렸을까… 아직도 그 생각을 하면 죄책감에 마음이 아파 온다.

어쩌면 내 생명에 대해서조차 내 마음대로 결정할 수 있다고 생각하는 것 또한 오만이고 이기심일지도 모른다. 뽀동이에게 저지른 잘못을 다시 또 저지를 수는 없었다. 남편과 나, 그리고 야동이 이렇게 서로에게 의지하고 서로를 지탱하는 생에서 생명은 오롯이 나만의 것이 아니었다. 나를 위해서가 아니라 내게 의지한 또 다른 존재들을 위해서 '살아 내야'만 했다.

난 항상 우리 뽀동이에게 감사한다. 내가 뽀동이를 보살피며 느낀 모든 것들이 엄마가 나를 보는 마음이었다는 걸 배웠기 때문이다.

그때 다짐한 약속을 내가 살아 있는 동안은 쭉 잊지 않고 지켜 나아가려 한다.

부부 = 전우愛

…

자신의 기운을 북돋우는 가장 좋은 방법은
다른 사람의 기운을 북돋워 주는 것이다.
_마크 트웨인

긴 나무젓가락에 연결한 연필과 지우개를 손목에 묶어 그림을 그리다 보면 손가락 마디마디가 퉁퉁 부어 오른다. 반복되는 스케치와 지우개질에 오랜 시간 화석처럼 겹겹이 쌓인 굳은살은, 그 모든 힘든 과정을 보상하는 스스로의 표식일까?

같은 경추에 같은 레벨이라도 각자의 장애 상태는 하늘과 땅 차이다. 특히 목신경이 사선으로 잘린 나는 양쪽의 기능이 확연히 다르게 나타난다. 숨을 쉬기 위해 옆으로 틀어진 상태로 기도를 확보해야 했고, 그대로 수술을 했었기에 내 목뼈는 가운데가 아닌 왼쪽에 고정되어 있다.

알약을 먹을 때마다 바로 내려가지 못해 목뻐를 손으로 눌러 준다. 매번 상처가 아물지 못하는 식도로 인해 고통스럽게 삼켜야 한다.

암 수술 후 림프로 인한 전신부종이 생기기 시작한 건 불과 2년 전이다. 온몸이 터질 듯한 통증으로 아무것도 할 수 없을 때마다 맨소래담을 발라 화끈거림으로 이겨 보려 하지만 그것도 잠깐이다.

호흡기가 약한 탓에 단순 감기로 알고 방치하다 폐렴으로 죽다 살아나니 그다음 해에는 유방암 수술… 휠체어에 앉히고 들어 올리는 과정에서 자꾸 상처가 벌어지다 보니 꿰매 놓은 속 실밥이 터져 다시 봉합해야 하는 상황도 발생했고, 그 후 보형물이 자리잡고 아무는 데만 꼬박 1년 이상이 걸려야 했다.

또 그다음 해에는 갑작스런 심장 통증으로 응급실에 실려가 '변이형 협심증'이라는 진단을 받게 되었다. 심전도를 통해 발견되어 바로 관상동맥조영술을 시행할 수 있어 의료진은 모두 나에게 천운이라 했지만, 이젠 다 지긋지긋했다.

팔꿈치에는 반복된 상처가 원인이었는지 복합통증증후군(CRPS)이 생겨 화상 자판을 마우스로 누르는 지금도 고통스럽다. 휠체어 팔걸이에 살짝 닿는 순간, 팔 전체가 찢어질 듯 몸서리가 쳐질 만큼….

경추 손상으로 얻은 통증 이외에도 나를 괴롭히는 셀 수 없는 다양한 합병증에 날마다 시달리는 중이다. 심할 땐 매 순간 죽고 싶을 만큼 견디기 힘들지만, 달아나려 애쓰진 않는다. 온종일 다른 무언가에 열심히 집중하다가 도저히 아무것도 할 수 없을 만큼 지쳐서 쓰러질 때에서야 침대로 눕는 생활을 반복하며….

피하기보다는 무시하는 전략이랄까? 어찌 보면 나를 또 다른 방법으로 혹사시키는 건 아닌지 모르겠지만 그렇게라도 곯아떨어져야 겨우 몇 시간이라도 잠을 자고 재충전도 가능하기에 어쩔 수 없다.

이젠 그런 생활이 일상이라서 누구에게 하소연하거나 투정 부리지도 않는다. 다른 사람들은 아플 때 가족들이 몰라주면 엄청 서운하다고들 하는데 나는 아니다.

결혼해서 처음 남편한테 말했다.

"내가 아프더라도 오빠는 평소대로 밥도 먹고 간식도 잘 챙겨 먹어. TV 볼 거 다 보면서 잠도 푹 자!"

옆에서 아무리 걱정하고 안타까워해 봤자 긴병엔 효자 없다고, 같이 잠 안 자고 밥까지 굶어 봤자 내가 덜 아파지는 것도 아닌데. 굳이 옆에 있는 사람들에게까지 내 '고됨'을 전가하고 싶지 않았다. 한 사람이라도 현명한 판단을 할 줄 알아야 긴 마라톤을 이어 갈 수 있을 테니까!

아플 때마다 100장씩 구비해서 곁에 쌓아 둔 거즈 손수건을 하루에 하나씩 꺼내 입에 문다. 그렇게 매순간을 견딜 때 가족들이 아무렇지 않게 있어 주면 나홀로 통증과 싸워 이긴 시간이 덜 억울

한 기분이다.

여전히 혼자 깨어 있던 어느 밤, 야동이가 무심히 뛰어놀다 사료를 와드득와드득 씹어 먹는 소리가 들렸다. 아픔에 눈물짓던 내 모든 신경을 집중해서 그 소리를 듣고 있는 나를 느꼈다.

가슴이 콩닥콩닥 너무 사랑스러워 미소 짓던 찰나의 순간이었다. 때론 '평범한' 일상을 보내고 있다는 '평온한' 느낌이 고통을 견디는 힘이 되기도 한다.

등대가 되어 준 대학원

…

시간이 해결해 준다는 말이 있긴 하지만,
실제로 일을 변화시켜야 하는 것은 바로 당신이다.
_앤디 워홀

유방암 수술 후 4학년 졸업 전시에 참여했지만 전시장에 가지 않았다. 가파른 계단의 인사동 지하 갤러리였는데 휠체어를 들어 준다는 학우들의 마음은 고맙지만 그러고 싶지 않았다.

위험을 인지 못하는 건 당연히 겪어 보지 않았으니 이해한다.

하지만 비장애인도 휠체어를 타고 똑같이 계단 위를 사람들에게 들려 내려가 보면 그 공포심을 충분히 이해할 수 있을 것이다. 적어도 중증장애인이 같은 학기에 있다는 걸 안다면 작은 엘리베이터나 경사로가 있는 전시장을 선택했어야만 했다.

억지가 아니다. 무리한 요구도 아니다.

"눈치 보지 마, 지현아. 식당 몇 군데 더 알아보는 게 뭐가 어때서. 실기실도 맨 앞으로 니 자리 맡아 놨어."

"앗! 그거까진 좀…."

대학 입학 후 처음 누드크로키 수업을 함께하던 날, 식당도 카페도 안 가려던 나에게 홍선영 선배(누드크로키 동아리 회장)가 해 준 말이다.

긴 4년의 대학 생활을 마치고 대학원에 입학했더니 몇몇 사람들은 나보고 독종이라고 했다. 그런 아픈 몸으로 또 공부한다니. 누군가는 진심으로 걱정도 하고 또 다른 누군가는 혀를 내두를 수도 있겠지만, 아플수록 오히려 내겐 더 몰두할 무언가가 필요했다.

곰곰이 생각해 보면 그렇게 간절히 죽고 싶단 생각은 간절히 살고 싶다는 뜻이었는지 모른다. 죽음 앞에 다다랐다가 돌아와 보니 그림에 대한 새로운 열망이 피어올랐다.

매일매일 이겨 내야 할 여러 가지 어려움이 있었지만 그럼에도 단 한 번도 지각을 하거나 강의에 빠져 본 적이 없다. 간혹 몇몇은 가끔씩 결석도 하고 지각도 했지만 나는 비가 오나 눈이 오나 강의실에 앉아 있는 학생이었다.

언젠가 링거를 꽂고 있던 상태로 외출증을 받아 수업에 갔을 땐 결석을 할까 고민도 하고 오한으로 힘들 땐 지각도 하고 싶은 유혹도 없진 않았지만 그렇게 할 수 없었다. 나 외에도 앞으로 이 자리에 올 또 다른 장애인 후배들을 위해서 좋은 선례가 되고 싶었다. 내가 조금이라도 수업에 불성실하거나 열심히 하지 않으면, '장애인들은 신체적인 불편함을 핑계로 저런 식으로 한다'는 편견을 심어주게 될까 봐 스스로 생각해도 과민할 만큼 나에게 더욱 엄격했는지도 모른다.

"지현아, 그렇게 안 살아도 된다. 비장애인의 기준으로 스스로에게 잣대를 세우지 않아도 되는 거라!"

그런 나를 애처롭게 지켜보신 김성호 교수님께서 특유의 경상도 사투리로 말씀하셨다. 내가 얼마나 수업 시간에 늦지 않으려고 서둘러 더 일찍 나오는지, 몸이 아파도 버티며 얼마나 성실하게 수업에 참여하는지, 제날짜에 과제를 해내기 위해 몇 날 밤을 지새워 얼마나 노력하는지 교수님은 그 '얼마나'를 이미 다 알고 계셨던 거다.

대학원 면접 때도 긴장을 풀도록 자상하게 질문해 주셨던 교수님이셨다. 경상도 사투리가 그렇게 부드러운지 처음 알았다.

정년 퇴임을 하셔서 지금은 학교에 안 계시지만 어쩌다 한 번씩 전화 주시면 뭐가 그리 반갑고 매번 할 얘기들이 무궁무진한지.

학기 중 많은 지도를 못해 주신 아쉬움에 현재 작업하는 사진을 종종 보내라고 하신다. 하지만 지금은 옆집 닭 소리, 무릎 위로 올라온 새끼 길냥이처럼 일상의 얘기를 나누며 마음의 여유를 드리고 싶다.

문화체육관광부 『손끝으로 읽는 국정』 표지 작품

"지현이 밤새고 왔구나. 얼굴 보니까 또 잠 안 자고 작업했네."

어느 날 이은호 교수님이 동양화과 학부 실기실에서 그림을 그리고 있는 내 모습을 보고 말씀하셨다.

'엇? 어떻게 아셨지?'

때론 그림에 너무 많은 노력을 해서 교수님께 혼이 나는 아이러니한 상황도 있었다. 한 가지만 해도 충분한데 많은 이야기를 한 번에 다 담으려는 사람처럼 왜 그렇게 몸을 혹사시키느냐는 것이다.

나도 머리로는 쉬엄쉬엄 몸을 잘 챙겨 가며 아프지 않게 작업하려고 한다. 그러나 함께 수업받는 다른 학생들과 같은 속도로 맞추려다 보니 그게 혹사인지 잘 느끼지 못할 때가 많다.

연필과 지우개를 나무젓가락에 묶고 손에 테이프로 큰 평붓을 고정해 작품을 하던 모습을 보시고는, 그동안 내가 어떻게 그림을 그리는지 궁금했었다고 하신다.

한번은, 그 몸으로 그림을 그리기 위해서 얼마나 힘겨운 과정들을 견디는지 너무도 잘 알고 있다는 말씀과 더불어 교수님의 시간강사 시절 이야기를 해 주셨다.

지방대학으로 강의를 몇 군데 다니던 때라 밤새 초주검이 되도록 입덧을 하니 몸은 기진맥진인데, 다음 날이면 힘든 몸을 이끌고 강의를 가야 했던 상황을 겪어 보셨다며 지금의 내가 그때의 교수님 같을 거라고 하셨다.

"난 지현이가 존경스러워!"

훅 들어온 사랑 고백처럼 순간 너무 깜짝 놀랐다. 이은호 교수님은 1세대 동양화과 교수였던 천경자 화백의 계보를 잇는 채색화의 대가(大家)이시다. 그런 분이 나를 존경스럽다고까지 표현해 주시다니… 세련된 차도녀 스타일의 외모라 그 마음이 얼마나 따뜻한지 겉으로는 보이지 않지만 겪어 본 학생들은 다 알 것이다.

입학하고 1차시 중간평가를 끝낸 후였나? 수업이 끝나고 마지막으로 강의실을 나가려는데 시간 있냐며 USB를 꺼내 슬라이더를 다시 내리셨다. 그때가 밤 9시 10분이라 오전부터 내내 수업하시느라 피곤하셨을 텐데, 나를 위해 특별히 한 시간가량을 홍콩 아트페어에서 직접 찍은 사진들을 보여 주시며 참고할 작품들을 짚어 주셨다. 제자를 영혼 깊숙이까지 통찰하는 섬세함, 겉으로 드러내지 않는 자상함을 가진 교수님을 느낀 첫 개인적인 시간이었다.

내가 '중증장애인'이기에 안쓰러운 마음이기도 하겠지만, 장애 학생을 대하는 모든 교수님이 다 그런 건 아니다. 그럼에도 '진심'으로 나를 대해 주신 훌륭한 동양화과 교수님들의 아낌없는 사랑과 격려를 맘껏 받으면서, '내가 이분들에게 이런 바른 인성을 배우려고 대학원에 왔구나!' 하는 생각이 들었다. 이런 에너지가 작품에도 진심으로 이어지게 된 하루하루의 원동력이 되었던 것 같다.

교수님들께 배운 깊은 이해와 사랑을 나 역시도 다른 누군가에게 베푸는 사람이 되어야겠다고 새롭게 나를 벼리는 시간이기도 했다. 고통 속에 주저앉아 아무것도 하지 않았다면 차마 누릴 수 없었던 소중한 날들이었다.

파랑새는 날지 않는다

...

우리는 세상을 바꾸기 위해 마법을 필요로 하지 않는다.
이미 우리 안에 모든 힘을 가지고 있다.
_「해리 포터」 조앤 롤링

파랑새를 찾아 떠난 아이가 온 세상을 찾아 헤맸지만 결국 못 찾고 집에 돌아왔더니 그토록 찾아 헤매던 그 파랑새가 자신의 집 새장 속에 있더라는 파랑새 이야기. 아마 5학년 때였나, 동작동 성당에서 세례받던 날 수녀님한테 처음 들었던 기억이 어렴풋이 난다.

댄스 음악을 들으며 눈물을 흘리고 때론 예능처럼 가벼운 얘기를 혼자 너무 진지하게 해서 다큐로 만들어 버리는 돌+I의 감수성을 가져서일까? 그 이야기를 다시 들었을 때 눈물샘이 터져서 혼자 막 울었던 기억도 난다. 얼마나 울었던지 화가 나도록!

나는 왜 그렇게도 그 이야기가 답답했을까. 아마도 그 누구도 아닌 나 자신의 이야기이기 때문일 것이다.

맞다, 내 얘기였다. 나 역시 그 파랑새를 멀리서만 찾아 헤맸기 때문에 그림을 그리기 전까지는 그저 그런 하루의 행복을 몰랐던 것이다. 뭔가 조건과 보상에 따른 커다란 행운을 쫓아 치열하게 살던 삶이 행복한 삶이라고 생각을 하고 살았던 거다.

타고난 외모와 친근한 성격, 돈도 따르고 기회도 빨랐던 지난날. 그야말로 누가 봐도 남부럽지 않았다. 그런데도 그 시절엔 하루를 마감하면서 행복함으로 웃음 짓던 적이 있었나? 잠들기 전 눈을 감을 때 뿌듯했던 적이 한 번도 없었던 것 같다. 화려한 조명과 신나는 음악 속에서 빛나는 나이트클럽 DJ라는 직업으로 스포트라이트를 받을 때도 그뿐이었다. 사고 전 그렇게 다양하게 하고픈 일들을 이루었는데 나는 한 번도 행복하지 않았다. 재미있는 것과 행복한 것은 다른 것이었다.

그 시절 나는 왜 한 번도 행복하다고 느낀 적이 없었을까….

조명이 꺼진 무대 위의 공허함도 싫었다. 일을 끝내고 만나는 새벽 공기가 왜 그렇게도 차갑고 쓸쓸했는지. 가슴에 구멍이 난 듯 뻥 뚫린 무언가를 느끼며, 운전하고 집으로 가는 동안 휙휙 스쳐가는 가로등 불빛의 적막감도 싫었다.

왜 소주 한 병을 마시고서야 외롭게 잠이 들었는지 이제야 조금은 알 수 있을 것도 같다. 내 안에 파랑새를 미처 발견하지 못했던 것이다.

이제야 비로소 나는 내 안의 파랑새를 찾았다. 내가 찾아 헤매던 그 파랑새는 항상 내 안에 있었다는 걸. 이제는 성과에 대한 갈망이

나 부질없는 것에 시달리지 않는다. 오늘 하루 더 이상 아프지 않고 별다른 사건 사고가 일어나지 않는 것, 나와 내 주변 사람들이 모두 무탈하게 하루를 보내는 것. 이것만큼 큰 행복이 없다는 정답을 알았다.

'오늘 하루도 잘 보냈다!'

정말 그거면 족하다. 더는 큰일을 욕심내거나 때에 따라 달라지는 시류에 편승하지 않는 여유로움도 생겼다. 억지로 애쓰지 않아도 굳이 내가 먼저 연락하지 않아도 나를 좋아해 주고 찾아와 주는 사람들이 있고, 하루를 마치고 무사히 집에 들어갔을 때 나를 반기는 야옹이가 있다.

전우이자 파트너인 남편과 함께 하루를 마감하는 일상. 아프지만 우리 곁에 살아계신 엄마, 동생들과 어린 조카들이 끼어 들어오는 소소한 행복들. 그것이 바로 나의 파랑새였다.

이를 악물어야 하는 통증이 찾아올 때 아파서 죽을 것 같으면서도 그 순간 마음이 불안하거나 초조하지도 않다. 그 시간을 견디고 나면 잦아들 거란 걸 알고 있으니까.

수술을 다시 앞두고 있을 때에도 그 상황이 불행하다거나 슬프지는 않았다. 어차피 수술하고 또 퇴원하면 나의 일상으로 돌아갈 수 있을 테니까. 나의 파랑새는 어떠한 상황에서도 날아가 버리지 않고 내 곁에서 나를 기다리고 있으리란 걸 너무도 잘 알고 있기에.

병원에서 퇴원하고 온 다음 날 코로나 확진이 되어 폐렴 상태에서 숨도 제대로 안 쉬어졌다. 기침과 엄청난 양의 가래 때문에 3일 동안은 눕지도 못하고 전동휠체어에 앉아 있었는데 그 순간 내가 느낀 것은 공포나 두려움도 아니었다.

야동이를 보면서 '고양이는 코로나 감염이 안 돼서 너무 다행이다.'라는 생각이 드니 쌔근거리는 콧소리에 안도와 평온함을 느꼈다.

TV에서 흘러나오는 뉴스 소리와 화면의 불빛만이 흘러나오는 희미한 어둠 속, 고개까지 돌아가며 잠들어 있는 야동이의 숨소리로 따뜻해진 아늑함. 그 공간의 냄새를 느끼는 순간, 사고 전 늘 맡았던 새벽 공기의 냄새를 떠올렸다.

그 시절 새벽 공기의 냄새는 늘 쓸쓸하고 공허했는데 그 순간엔 무언가로 가득 채워진 충만함, 안온함이 나를 감싸 주었다. 같은 새벽 공기일 텐데 나는 전혀 다른 감각으로 새벽 공기를 느끼고 있었다.

몸은 한없이 고통스러웠지만, 그 순간 내가 느낀 것은 어이없게도 '행복'이었다.

어린아이 최지현

…

자식에게 물고기를 잡아 먹이지 말고,
물고기를 잡는 방법을 가르쳐 주라.
_「탈무드」

엄마가 종종 들려주시던 어릴 적 이야기 중 내가 다섯 살쯤이었던가, 둘째 동생을 업은 엄마를 따라 집에 가는 길이었다고 한다. 경문고등학교 앞 버스정류장에서부터 오르막길을 한참을 걸어 다리가 아팠던지 나도 업어 달라며 보채기 시작했더란다.

"지현아, 저기 앞에 고목나무 알지? 거기까지 가면 엄마가 업어 줄게."

어린 동생을 내려놓을 순 없고 어떻게든 나를 달래 보려고 엄마가 내놓은 임시방편이었다. 내가 다시 발걸음을 시작하고 어찌된 일인지 그 고목나무 앞을 지났는데도 명랑하게 구호까지 붙여 가며 앞장서 가더라고 했다.

"지현아, 혹시 잊어버리고 그냥 간 거니?"

"아니, 엄마도 힘드니까. 조금만 더 올라가면 되는데 뭘! 아, 역시 좁아도 우리 집이 최고다!"

무슨 어린애가 저런 말을 할까. 마루에 큰 대자로 누워 마냥 행복한 표정으로 대답하던 다섯 살의 내 모습이 엄마는 아직도 또렷하게 기억난다고 하셨다.

어린 시절 이야기를 듣다 보니 내 기억은 좀 슬펐다. 엄마가 수술을 받아야 해서 둘째 동생과 함께이거나 때론 혼자 외할머니네 맡겨져 이모네에 가 있어야 했다.

어느 날은 아침에 두 분 다 출근하시는데 나는 이모를 따라간다고 울면서 매달린 적이 있다. 결국 유명호텔 셰프로 계신 이모부가 데려가게 됐지만 뭐가 그렇게 서럽던지 엘리베이터 안에서까지 울다가 이모부한테 뺨을 세게 맞기도 했다.

작년에 우연히 동생도 어릴 적 이모부가 뺨을 때린 적이 있었다는 말을 듣고서야 나도 처음 그 얘기를 꺼냈다. 소리 내지 못했던 그 시절 동생을 지켜 주지 못한 나약함에 가슴이 아팠다.

때론 집안 사정으로 아빠 친구네에 나 홀로 맡겨진 적도 있었다.

2015년 막냇동생 결혼식에서

엄마가 데리러 오기 전까지 그 집 또래 아이들과 있게 되었을 때도 더더욱 씩씩하게 놀고 절대 기죽지 않았다.

동생이 엄마가 보고 싶다고 울 때에도 내가 달래 줘야 했기에 언니로서 괜찮은 척 강해져야만 했다. 그때의 나 역시 엄마의 품이 그리운 어린아이가 아니었던가! 울리지 않는 전화기 앞에서 한참을 쳐다보고 있다가 모두가 잠든 시간에 몰래 울기도 했다. 흐느끼는 소리가 들킬까 그저 '꿀꺽' 삼켜야 했고 엄마가 들으면 속상할 얘기는 아예 입 밖으로 꺼내지 않는 방법을 먼저 터득했었다.

보채도 소용없는 일은 미련 없이 내려놓는 결단, 힘든 걸음에 즐겁게 구호를 붙이며 나아가는 긍정, 주어진 것에 만족할 줄 아는 자족. 이런 것들로 자라는 내 안의 파랑새를 어린 나는 이미 알고 있었나 보다.

다시 찾은 내 안의 파랑새는 이제야 안녕하다.

결혼식 에필로그

...

변한 건 없어요.
솔직히 말해서 그저 더 갈고 가다듬은 것뿐이죠.
진짜 나는 여전히 여기에 있어요.
_「빨간머리 앤」

장애가 내 인생에 준 또 하나의 변화가 있다면 그것은 결혼일 것이다. 다치기 전에 나는 단 한 번도 내가 결혼하는 삶을 상상해 본 적이 없었다.

각양각색의 직업과 나이의 사람들을 많이 만나고 그만큼 또 많이 헤어졌다.

대학 때는 ROTC 피앙세 반지도 받아봤고, 집과 혼수까지 해 준다며 당시 2천만 원 가까이 되는 명품 백으로 프로포즈하는 금수저도 있었지만 내 답은 모두 NO! 헤어짐이었다.

가정적이지 못한 아빠는 자식들보단 친구들과의 술자리가 많았고, 자주 싸우는 부모님을 보고 자라면서 한 남자와 결혼해 아이를 낳고 가정을 꾸리는 미래는 생각하기도 싫던 독신주의였다.

그런 내가 결혼을 하다니, 그것도 올해 3월 24일 결혼 16주년을 맞이했으니 참으로 인생이란 알 수 없는 것이다.

남편을 만난 것은 한 재활병원에서였다. 인연이 되려고 그랬는지 원래 입원하려던 병원이 아니었는데 내 담당 치료사가 실장으로 간다는 말에 의리를 지킨다며 입원하게 된 것이다. 역시 뭐 장소가 문제던가. 거기서도 나는 활달하게 우르르 또래들과 몰려다니면서 나름 재미있는 병원 생활을 했다.

남편은 나보다 세 살 위인 직업치료사로 그 병원에서 일하고 있었는데, 내 담당도 아니었지만 쾌활한 내 모습이 좋았는지 가끔씩 병실에 찾아와서 나를 챙겨 주었다. 먼발치서 넌지시 내 상태를 지켜보다가 밥을 안 먹으면 죽을 사다 주기도 하고, 어떨 땐 딸기나 복숭아처럼 제철보다 이른 과일을 사다 주기도 하면서 주위를 맴돌았다.

"조쌤이 너 남친 있냐고 물어보길래, 다치고 나서 헤어졌다고 했어. 출근할 때 너 머리 감고 나오는 모습 보더니 후광이 비춘단다. 푸하하하!"

초기부터 친하게 지내던 편마비장애인 석승현 오빠가 담당 환자였는데 계속 나에 대한 질문만 한다고 어느 날 뜬금없이 말하는 것이다.

"됐거든!"

나는 그 말에 바로 거절했지만 남편은 함께 입원 중인 경추장애인 친구들까지 매일 찾아가며 더 적극적이었다.

그러다 나도 조금씩 친해지면서 주말에 영화도 보고 때론 나를 직접 차에 태워 맛있는 것도 먹으며 쇼핑도 다녀오기도 했다. 어느 날 남편이 성급하지 않게 다가가겠다는 고백을 해 왔다.

얼마 후 어머니께서도 병원에 찾아오셨다. 어머니는 아들에게 내 얘기를 많이 들었다며 두 손을 꼭 잡으시더니 말씀하셨다.

"왠지 니가 내 며느리가 될 것 같다."

얼마 후엔 어머니와 함께 아버지도 병원에 찾아오셨다.

"나는 순서가 바뀌었다고 생각할 뿐이다. 며느리가 된 후 다친 것과 다친 후 며느리가 된 것과 무엇이 다르겠니."

남편은 당시 싸이월드에 있는 내 사고 전 사진들까지 보여 주며 이미 부모님을 설득하여 허락을 받아 놓았던 것이다.

오히려 우리 엄마가 반대를 하셨다. 살다 보면 어려운 일도 많이 생기는데 내가 몸이 불편하다는 이유로 상처가 얼마나 클지 염려를 먼저 했던 것이다.

"내가 너의 손과 발이 되어 줄게."

내 생애 결혼은 단 한 번도 꿈꿔 본 적이 없지만 결국 이 한 마디에 결혼을 결심하게 되었다.

나는 바로 시부모님한테 아이를 안 갖겠다고 말씀드렸다.

"니네 둘이 싫으면 안 낳는 거지, 우리 신경 쓰지 말고 오빠(남편)랑 재밌게 살아."

그냥 형식상 하시는 말씀인 줄 알았는데 알고 보니 엄마(시어머니)는 첫째 아들 손주도 안 봐주시고 두 분이서 즐겁게 다니시는 쿨한 성격이셨다.
처음 시댁에 가서 밥을 먹는데 일부러 내가 좋아하는 청국장을 준비해 놓으셨다. 한 입 떠먹는데 차돌박이가 들어 있었다.

"저는 고기 든 청국장은 안 먹어 봤는데… 제 입맛에 안 맞아요."

어찌 보면 당돌할 수도 있겠지만, 오히려 올 때마다 뭘 한다는 게

2007년 3월 24일 결혼식

폐백_시부모님

신혼여행_괌

불편했는데 말도 못하고 계셨다고 너무 잘 됐다면서 좋아하셨다.

그 후로 우리 넷은 맛있는 식당에서 갈비탕, 설렁탕 등 때론 피자집에서도 편하게 만났다. 같은 서울이라 명절을 안 따지다 보니 내가 민물장어 좋아한다는 게 생각나서 연락했다며 서오릉으로 간 적도 있다. 술친구가 생겨 좋다는 아빠(시아버지)랑 나는 반주로 소주 한 병을 나눠 마시는 재밌는 장면을 연출해 가며.

2007년 3월 24일 상암동 월드컵 경기장에서 많은 하객들의 축하를 받으며 당시 국립재활원 이범석 과장님의 '주례 1호 부부'로 결혼식을 올렸다. 음식값이 비싸도 휠체어를 탄 하객들이 편한 동선으로 움직일 수 있는 장소를 선택한 것이다.

강남 M나이트클럽과 노원 W나이트클럽 DJ로 일할 때 알게 된 친분으로 의리파 개그맨 문천식 사회로 진행되었다.

강남 M나이트클럽과 성남 H나이트클럽에 출연하던 가수 박미경 씨 매니저로 알게 되어 사고 후에도 옮기는 병원마다 이것저것 사다 주며 꼬박꼬박 문병 오고, 전시에도 잊지 않고 찾아 주는 지금까지도 너무 고마운 한철희 오빠. 사고 전 내 마지막 생일을 챙겨 주더니 사고 후 첫 생일에도 광주에 있는 재활병원으로 케이크를 들고 찾아와 감동을 주기도 했다.

"야! 너 왜 이렇게 살이 쪘어?!"

역시 친남매 같은 투닥거림으로 감동 바사삭이지만.

괌으로 신혼여행이 예약돼 있었지만, 결혼식 전부터 웨딩 촬영에 피로와 긴장이 쌓인 탓인지 극심한 위경련으로 다음 날 떠날 신혼여행과 50% 위약금을 포기해야만 했다.

그렇게 세브란스병원 응급실에서 결혼 생활의 첫날을 시작했고, 여전히 통증은 일상이지만 남편과 나는 각자의 자리에서 최선을 다해 서로를 도와가며 살고 있다.

머리 어깨 무릎 발 무릎, 손!

…

강렬한 사랑은 판단하지 않는다.
주기만 할 뿐이다.
_마더 테레사

우리 부부를 보면 사람들이 이렇게 얘기하는 경우가 많다.

"남편이 천사야."
"아내 돌보느라 힘들지?"

가끔 인터뷰를 하거나 다른 사람을 만날 때 남편이 곁에 있으면 사람들은 내 24시간을 계속 함께하는 줄 안다. 그러나 사실은 그렇지 않다. 다른 부부들처럼 남편은 남편의 일을 하고 나는 나대로의 일을 하면서 산다.

장애인활동지원제도가 있어 장애가 있다고 해서 배우자들이 늘

야외 스케치_완도 명사십리

곁에서 보조해 주는 건 아니다. 단지 몸이 조금 불편하고 장애물이 있는 환경의 제약이 따를 뿐. 다른 부부와 별반 다르지 않은데 내게 장애가 있다는 이유로 우리를 평범하게 바라보지 않는다. 그들만의 편견과 선입견으로 굳이 하지 않아도 될 말들을 툭툭 던질 때마다 남편은 스트레스와 깊은 상처를 받곤 한다.

결혼 전 약속대로 남편은 내가 필요할 때 손과 발이 되어 주고 있다. 그렇다고 해서 내가 전적으로 도움만 받는 공주 같은 아내인 건 아니다. 세상에 일방적인 관계는 없다. 그것이 설령 부부라고 해도 말이다.

남편이 내 손과 발이 되어 주는 대신 나 역시 남편의 심장이, 지혜로운 머리(Brain)가 되어 주고 있는 걸. 우린 서로의 모든 것을 나누어 갖는 최고의 소울 메이트니까.

나는 천사와 살지 않는다. 때론 내 최씨 고집을 능가하는 조씨 고집의 진수를 보여 주는 고집쟁이이기도 한 사람, 내가 가장 믿을 만한 조력자이기도 한 든든한 벗. 그렇다, 우린 매 순간 전장을 함께 뛰어다니는 전우다!

얼마 전 새치 하나가 발견된 마흔다섯 살의 내 모습도 여전히 예쁘다고 하는 그냥 그런 한 '사람'과 살고 있을 뿐이다.

2013년 4학기의 수간채색 실기 과정을 마친 후 대학교 입학을 두고 남편과 많이 다퉜다. 편입으로 들어가서 2년 만 더 그림을 배우겠다는 내게 남편은 편입이 아닌 1학년 신입생으로 입학을 하라고 기어이 우겼다.

처음부터 시작하면서 다 배워야 한다며 4년이나 학교를 다니라니! 서로의 이견을 두고 엄청 싸웠지만 결국은 또 내가 지고 말았다. 최씨 고집이 조씨 고집에 그만 KO를 당한 것이다.

기어이 남편이 고집한 대로 2014년에 나는 회화과 1학년생이 되었다.

전공만으로도 쉽지 않았는데 그 와중에 사회복지를 복수 전공하면서 3학년엔 흑석동에 있는 문화예술교육원에서 문화예술사 공부도 병행했다. 워낙 호기심이 많아 그런지 그림에 도움이 될 수만 있다면 뭐든 다 해 보고 싶었다. 문화예술사 자격증도 그렇고 사회복지사 자격증도 그렇고 앞으로 내가 그림을 그리는 데 필요할 거라는 생각이었다. 그도 그럴 것이 나는 미술에 늦게 뛰어든 사람이 아닌가. 입시 미술부터 시작한 작가들의 테크닉이나 실력에 비하면 솔직히 내 실력은 지금도 많이 떨어지는 것이 사실이다. 그 점에 대해 나는 언제 어디서든 솔직하게 인정한다. 그리고 내 실력이 부족하다고 인정하는 것에 대해 결코 부끄럽거나 자존심 상하지 않는다. 내가 부족하다는 걸 너무도 잘 알기 때문에 매 순간 노력을 멈추지 않을 수 있는 것인지도 모른다.

갑자기 학교 강의와 실기수업으로 정신이 없었다. 문화예술교육사 수업까지 일주일에 다섯 군데를 다니다 보니 총 10과목이나 되는 수업이 토요일까지 이어졌다.

그야말로 숨 쉴 틈 없는 강행군이 계속되던 어느 토요일엔 막냇

2023년 '세 자매 이야기' 시리즈 작업 중

동생의 결혼식이 있었다. 그날은 그야말로 번갯불에 콩을 볶아야 하는 초인적인 힘을 발휘해야만 했다. 결혼식만 있어도 정신이 없을 텐데 오전에 수업이 있었다. 심지어 오전 10시 수업을 마치고 나면 동생의 결혼식에 들렀다가 다시 저녁 6시 수업을 들으러 가야 하는 빡빡한 일정이었다.

아침 일찍 일어나 학교로 가서 수업을 듣고 수업이 끝난 후엔 부리나케 한복을 갈아입고 동생 결혼식에 갔다가 저녁 수업에는 미처 옷을 갈아입을 시간이 없어서 그만 한복을 입은 채로 강의를 들어야 했다. 곱게 한복을 차려입고 수업에 들어온 나를 보고 내가 결혼식을 올리고 온 줄 오해하는 사람들도 있었다. 지금 생각해도 원더우먼 같은 하루!

그날 하루의 기억을 오롯이 담은 우리 자매들의 사진을 보며 힘들어도 함께 자라온 삶의 순간들을 떠올린다.

나는 오늘도 화판 위에 우리 세 자매를 그린다.

장애인식개선교육 전문 강사가 되기까지

…

모든 것은 바뀔 수 있다.
그리고 나 역시 무언가를 바꿀 수 있다.
_헤밍웨이

문화예술교육사 실기 마지막 수업이 있던 날이었다. 그날 나는 영화 포스터를 이용해서 조 대표로 발표 자료를 준비해 갔다. 주인공을 통해 장애인이 등장하는 영화 이야기를 하면서 자연스럽게 장애에 대한 인식을 짚어 보는 문화예술교육 프로그램을 해 보면 좋을 것 같다는 생각에서였다.

처음엔 약 15분에서 20분 정도 시연할 생각으로 시작한 과제였는데 현장실습과목 강향숙 교수님을 비롯해서 함께 강의를 듣고 있던 학생들 모두의 반응이 예상 외로 너무 좋았다. 시연 시간이 초과되어 그만 마치고 내려오려고 하자 교수님이 아예 내 강의를 다 들어 보고 싶다고 제안하셨다. 모두의 찬성이 이어졌고 마지막 실기 시간은 내 특강이 되어 버렸다.

강의를 듣던 어떤 분은 펑펑 우셨고, 교수님은 듣는 내내 눈시울이 붉어지시기도 했다. 모두 너무 감명받았다는 찬사가 이어졌고 예상치 못한 뜻밖의 반응에 나 자신조차도 놀라웠다.

'마음이 힘든 사람들을 위해 중증장애인 당사자가 직접 강의를 하는 것이 이런 효과가 있구나.'

그날의 발표를 계기로 나도 나만의 특성을 살린 장애인식개선교육 강의를 해야겠다는 생각이 들었다. 그래서 '따듯한 동행' 시범사업에 참여해 미술체험 수업을 병행하는 예술인 강사로 시작하게 되었고 현재는 보건복지부 장애인개발원과 장애인고용공단 전문 강사로서 강의를 하고 있다.

내게 그림을 그리는 일도 소중하지만 장애를 가진 한 사람으로서 우리 사회의 장애에 대한 인식을 바꾸는 일에 적극적으로 참여하는 것도 중요한 내 의무라고 생각하기 때문이다.

서울시에서 실시하는 자살 방지 1차 교육에 참여하고 미술심리상담사 자격증을 취득한 것도 그 무렵이었다. 그건 그 누구를 위해서가 아니라 오롯이 나 자신을 위해서였다. 남을 돕든 어떻든 일단 내가 살아야만 했으니까. 자꾸 죽음의 유혹에 휩싸이려는 나 자신을 구하기 위해서는 내 안의 삶을 향한 불씨를 필사적으로 꺼뜨리지 않아야만 했다.

2018년 미술체험 장애인식개선교육 강의를 마치고

'어쩌면 그 친구들도 간절히 살고 싶었겠구나.'

죽어 간 내 친구들을 떠올리면 그런 생각이 든다. 죽어 가던 뽀동이의 애절한 눈빛은 어쩌면 주인을 향해 살고 싶다고 외치는 마지막 절규가 아니었을까?

생의 끈을 놓는 그 순간 그 끈을 잡아 줄 기회를 무심히 놓쳐 버리지 않았더라면 다들 아직 내 곁에 있을까. 다시는 그런 후회를 하지 않기 위해서, 다시는 죄책감에 부서지지 않기 위해서 내게 꼭 필요한 시간이었다.

'고양이 손을 가진 화가와의 만남'

장애인식개선교육을 나갈 때 첫 화면에 띄워 놓는 문구이다. 그림 그리는 직업을 가지고 있는 나를 통해, 다양한 삶의 모습과 어려움 속에서도 꺼지지 않는 장애예술인의 투혼을 바라봐 주기를 바란다. 그리고 나를 통해 누군가 다시 살고 싶어지기를 바란다.

나 여기 있다고, 나 여전히 살아 있다고 끊임없이 세상을 향해 보내는 타전. 이것이 내가 매일 새롭게 도전하는 이유다.

사주팔자

…

어린 자식의 더러운 똥오줌은
그대의 마음에 전혀 거리낌이 없으면서
늙은 부모의 눈물과 침 떨어지면
도리어 미워하고 싫어하는 마음이 드네.
_「명심보감」

우리 외할머니 말씀에 따르면 나는 '관악산의 정기'를 받고 태어났다고 했다.

현재 정부과천종합청사 자리 2층 집이 우리 엄마의 친정집이었는데, 신기하게도 외할머니가 관악산의 커다란 바위를 보는 태몽을 꾸신 후에 내가 태어났다고 한다.

엄마가 가끔 그 태몽 이야기를 할 때면, 나는 내 머리가 그렇게 단단한 돌이라서 어릴 때부터 공부를 못한 거라고 핑계를 대며 웃곤 한다.

태몽은 거창했지만 출산 예정일보다 일주일이나 일찍 나와 엄마를 애먹이고 설상가상 탯줄을 목에 감은 채로 태어나 평범하진 않음을 예감했다는 아이가 나였다.

어른들 말씀에 의하면 아기가 목에 탯줄을 감고 나오면 단명할 사주라고 했던가? 태어난 첫 손주의 생이 평탄하기를 바라는 일념으로 외할머니는 아빠한테 새벽같이 관악산 어느 계곡 밑에 내 탯줄을 묻고 오라고 시키셨단다.

'옛날 옛적에' 같은 얘기인가 싶고 미신에 불과하다고 생각할 수도 있다. 당시 불교 신자였던 외할머니는 손녀가 타고난 운명에서 벗어나 행복하게 살기를 바라는 기도 역시 매일 빠트리지 않았다고 한다.

그 애틋한 정성으로 내가 지금까지 살아 있다고 생각하면 어쩐지 마음 한구석이 든든해지는 기분이 든다.

사고 후 두 달 가까이 중환자실에 있다가 병실로 옮기게 됐을 때 병동에 있던 모든 입원 환자와 가족들이 마치 나를 잘 아는 사람들인 양 반갑게 인사를 했다. 나는 처음 보는 낯선 사람들인데 어떻게 다들 그렇게 나를 알고 있는 걸까 의아했는데 알고 보니 모두 엄마 때문이었다.

내가 두 번의 수술 후 산소 수치가 급격히 떨어지는 바람에 다시 중환자실로 가게 됐을 때 엄마는 잠시도 그 앞을 떠나지 않고 한 달 넘게 지키고 있었다고 했다.

늘 딸의 이름을 부르며 묵주를 붙들고 간절히 기도하는, 늘 망부석처럼 중환자실 앞을 지키는 아줌마. 그래서 그 앞을 지나는 모든 사람이 엄마의 사연을 알게 됐고 '최지현'이란 이름을 함께 부르며 회복을 기원하는 사람들이 되었다는 것이다. 그래서 내가 일반 병실로 돌아오게 됐을 때 나를 모두가 함께 가족처럼 반겨 주었다.

엄마의 특별한 지극정성은 간호사에게도 의사에게도 그리고 다른 환자와 그 가족들에게도 나를 특별히 보살피도록 만드는 힘이 있었다. 덕분에 내 주변엔 늘 좋은 사람들이 곁에 있어 주었다.

손녀의 불운을 적극적으로 막아 준 외할머니, 딸의 힘겨운 시간을 지극한 정성으로 함께 버텨 준 엄마. 이런 두 존재 덕분에 빗나갔을지 모르는 내 생의 궤도는 새로운 자리를 찾은 건지도 모른다.

사고로 이렇게 장애를 입고 고통 속에 살게 됐는데 이게 불운이 아니면 뭐냐고 반문하는 사람들이 있을지도 모르겠지만, 아니다! 분명히 바뀌었다. 지금의 내 모습이 아니면 결코 알지 못했을 행복, 이렇게 생생하게 느낄 수 있는 새로운 삶을 얻었으니까.

지금도 나는 여전히 무섭다. 앞으로 얼마나 더 고통스런 통증이 남아 있을지, 지뢰처럼 터지는 전쟁 같은 날을 보내게 될까 봐 겁도 난다. 고통은 결코 안다고 수월해지지 않는다. 오히려 너무 잘 아니까 더 무섭다. 그럼에도 나는 사고 전보다 지금이 더 잘살고 있다고 믿어 의심치 않는다.

이런 얘기만으로 남들은 상상할 수도 없겠지만 그때보다 지금이 더 잘살고 있다는 위안이, 더 나은 사람이 되었다는 만족이 나를 행복하게 한다.

모범생을 동경하는 나는, 날라리!

...

열심히 할 뿐 결과에 연연하지 않는다면
그 과정에서 당신은 이미 행복한 것입니다.
_법륜 스님

이렇게 얘기하면 사람들은 지금 와서 그런 후회하지 않는 사람이 어디 있겠느냐고 할 것이다.

"나도 학교, 집, 도서관… 그렇게 살걸!"

그러나 내가 말하는 '학교, 집, 도서관의 삶'이란 흔히 사람들이 말하는 그 의미와는 좀 다르다. 더 열심히 공부해서 좋은 성적 내고 좋은 대학 가겠다는 이야기가 아니라 '좀 더 평범하게 살 걸!' 하는 후회에 더 가깝다. 소소한 행복들을 소중히 여기며 살았더라면 하는….

그러나 그런 날들조차도 지금의 내가 되기 위해 지불한 대가라고 생각하면, 비싸긴 해도 나름의 의미가 있는 시간들이었다고 자신한다. 인생의 커다란 의미를 얻는 데 저렴한 대가를 지불하는 사람이 어디 있겠는가. 내게 그런 시간들이 있었기 때문에 나는 전과 다른 사람이 될 수 있었다.

다른 사람을 좀 더 이해할 수 있는 사람, 나처럼 방황하며 길을 묻는 사람들에게 적어도 내가 갔던 길은 틀렸다고 말해 줄 수 있는 사람 말이다.

다양한 도전과 치열하게 온종일 그림 앞에서 씨름하는 나를 보면 사람들은 대부분 내가 열심히 산다고 말한다. 그러나 정작 나는 아직도 내가 열심히 살고 있다고 생각해 본 적이 없다. 주변의 걱정 어린 조언을 들으면서도 정작 나는 내가 항상 게으른 것만 같다.

사고 후 얼마 되지 않았을 때 우연히 만났던 흉추장애인 정진완 오빠. 휠체어로 휠라이해서 계단을 내려오는 모습에 뿅! 반했던… 나는 불교 신자는 아니지만 사고 전에도 절밥을 좋아해 한 번씩 다닌 적이 있었는데, 오빠가 신도증을 보여 주면서 장애인도 갈 수 있는 '갑사'에 대한 얘기를 해 주어서 귀가 쫑긋했었다.

결혼 후 엄마랑 함께 대전에 가면서 갑사도 들르게 되어 전화를 했는데 그때의 인연으로 오랫동안 빠순이가 되었다.

"왜 그렇게 바쁘게 살아?"

어느 날 장애인체육에 관련된 일을 시작해 현재는 척수장애인협회에서도 일을 하길래 오빠의 피곤해 보이는 얼굴을 보면서 내가 물어본 적이 있다.

오빠는 장애인들을 도와주는 삶이 좋다고 그걸로 힘을 낸다고 하면서 씨익 웃었다. 꼭 장애인·비장애인을 떠나서 위로 올라갈 수록 대부분 돈과 명예 등 자신의 이익만을 위해 노력하는데, 존경하는 故 최진섭 원장님처럼 본받고 싶은 마음이 들었던 또 한 명의 척수장애인 선배다.

나도 작은 것부터 실천하고자, 내 작업실에서 지역사회에 살고 있는 중증장애인들이 원데이클라스로 참여할 수 있는 미술 시간을 갖게 해 보면 어떨까 생각하게 되었다.

가까운 곳에서 취미 생활을 즐길 수 있도록 2021년에 '고양이화실'로 사업자등록증을 냈지만, 현실은 오랫동안 집 밖으로 나오지 않는 장애인들이 더 많다는 걸 알고 너무 가슴이 아팠다.

현재는 누구나 와서 할 수 있는 부채 그리기 동양화 체험 수업을 하고 있다.

장애인 나이 스무 살 성년식

…

내가 유명 화가가 될 수 없다는 것은 이미 알고 있다.
하지만 그림에 몰두하는 순간
나 자신을 까맣게 잊게 된다는 것과
여러 날 동안 나 자신과 세상을 잊고
고달픈 모든 것에서 자유로울 수 있었던 것은
처음 있는 일이었다.
_헤르만 헤세

내년 2024년이 되면 내가 장애인이 된 지 20년이 된다. 새로운 내가 된 지 20년째가 되는 것이라고 해도 좋겠다. 그래서 앞으로 내 세 번째 개인전은 20년 전 내가 다쳤던 날인 11월 5일을 기념하는 의미로 2024년 11월쯤으로 계획하고 있다. 세 번째 전시회는 애초에 물 위에 그리는 추상화로 기획된 3개의 전시 중 마지막 프로젝트가 될 것이다.

물 위에서 우연하게 만들어지는 형상을 보며 '육신에 갇힌 혼(魂)이라는 무의식의 흐름'을 연상하게 되었다. 물 위에서 자유로운 물감의 움직임을 담은 작품들을 진행할 때면, 신체적인 제약에서 벗어나는 듯한 자유로움을 느낄 수 있어서 나는 이 작업을 좋아한다.

그런 작업을 통해서 나는 또 어떤 것을 배우고 성장하게 될지, 또 세 번째 전시에서는 어떤 그림들이 탄생할지 기대가 된다.

한 방울의 링거액이 내 몸 안으로 들어와 내 피와 섞이고 순환하다가 소변으로 배출돼 내 몸 밖으로 다시 나가고, 내 몸 밖을 나간 배설물은 다시 정화되어 바다로 흘러갔다가 수증기가 되어 비로 내리는 대자연의 순환을 생각하면서 인간의 생로병사 역시 그런 대자연의 일부일 뿐임을 느낀다.

모두 지나가는 순간이지만 어느 한순간도 무의미하거나 헛되지 않은 자연의 순간, 그 안에서 모든 생명이 존재하고 있는 순간만큼은 찬란하다는 것을.

요즘은 논문 작품으로 들어갈 '세 자매 이야기'를 진행 중이다. 어린 시절부터 현재까지 자라면서 찍은 사진들을 바탕으로 연도별로 재구성한 '회상' 시리즈. 우리 세 자매가 함께 지나왔던 소중한 순간들을 다시 기억해 보게도 되고, 내 동생들이 어느덧 아이들의 엄마가 되어 변화되어 온 모습을 새삼스럽게 발견하게 된다. 그래서 그림 그리는 마음이 매번 새롭다. 지나온 시간을 되짚으며 지금의 내가, 지금의 우리가 있기까지 '과거·현재·미래'를 되새겨 보게 되는 것이다.

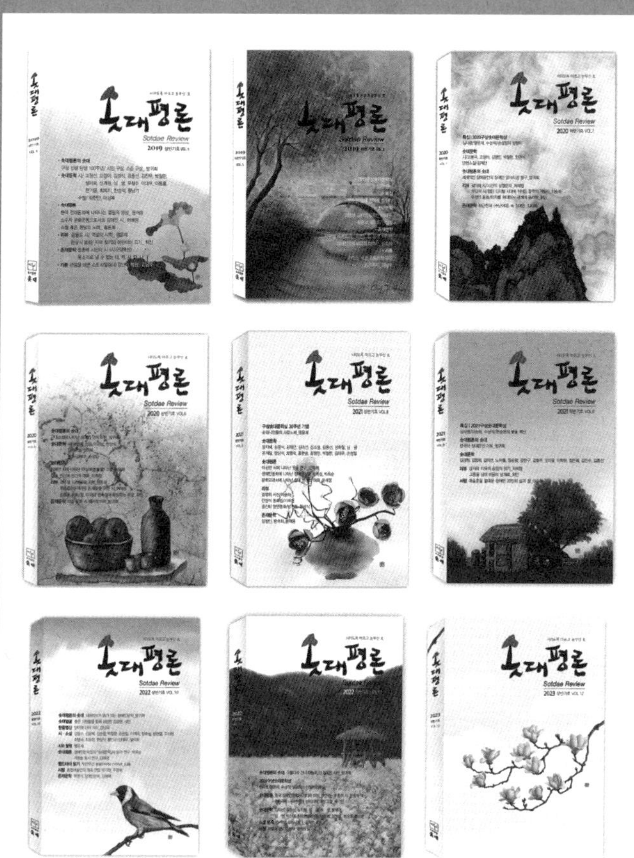

『솟대평론』 표지 작품

가족들을 비롯해, 지금의 내가 있기까지 주변에 얼마나 고마운 사람들의 관심과 응원이 있었는지 잊지 않으려고 한다. 앞으로 내가 걸어가고 싶은 삶의 방향을 제시해 준 등대 같은 분들 덕분에 내가 지금껏 '살아 낼' 힘을 얻고 있는지도 모른다.

사람은 망각의 동물이라고 했던가. 다시는 떠올리고 싶지 않은 고통스러웠던 하루하루가 언제 그랬냐는 듯 먼 시간처럼 느껴지기도 한다.

감사하게도 한국장애예술인협회 방귀희 회장님이 『E美지』 간담회를 시작으로 언론 기사 타이틀에 사용한 문구가 책 제목이 되었다. 특히 스타필드에서 '美캠페인'에 내 얼굴이 대형 전광판 가득 채워진 이 수식어에는 더 이상 어떤 설명도 필요하지 않았다.

아름답다는 말을 어디 가서 내 입으로 직접 말하기는 조금 민망하지만, 어쩌면 주어진 일에 최선을 다하는 모습이 아름다워 보여 그렇게 표현해 주신 게 아닐까. 부끄러우면서도 좋다.

장애인이 된 지 이제 19년째가 되었으니 새로운 인생에서는 꽃다운 열아홉인 셈이다. 방황하던 내 어린 날의 열아홉 살과는 다른, 인생에 대한 계획과 준비로 스스로를 책임질 줄 아는 스무 살을 기다린다.

'다시 사는 내 청춘은 부디 가슴 시리도록 아름답기를!'

최지현

홍익대학교 미술대학원 동양화전공 석사과정

장애인기업 '고양이화실' 대표 [중소벤처기업부]

한국미술협회, 한국장애인미술협회 정회원
한국장애학회 문화예술분과 위원
따뜻한동행 장애인식개선 미술체험교육 예술인강사
보건복지부 한국장애인개발원 장애인식개선교육 전문강사
한국장애인고용공단 직장내장애인인식개선 전문강사
서울특별시한국척수장애인재활지원센터 정보메신저/사회복지사
문화체육관광부 『손끝으로 읽는 국정』 표지작가
『솟대평론』 표지작가

실기교사(음악) 교원자격증
국가공인 GTQ 그래픽기술자격2급
미술심리상담사2급
창의미술지도사, 창의미술심리지도사
사회복지사2급
문화예술교육사(미술)

대한민국미술대전 구상부문 입선
홍익대학교 총장 표창장
JW ART AWARD 대상
전국장애인종합예술제 최우수상
대한민국장애인미술대전 우수상
국제장애인미술대전 특선
이원형어워드 수상

개인전 2회_경인미술관, 갤러리활
단체전 70여 회

〈작품 소장〉
서울특별시 문화본부 박물관과, 국립현대미술관 정부미술은행